D0632078

Le
Livre
de
Poche
Jeunesse

LE JOUR OÙ J'AI VOULU DEVENIR POPULAIRE

MEG CABOT

LE JOUR OÙ J'AI VOULU DEVENIR POPULAIRE

Traduit de l'anglais (États-Unis) par Luc Rigoureau

L'édition originale de cet ouvrage
a paru chez HarperCollins Publisher,
sous le titre :
How to be popular

Populaire (adjectif) : qui plaît à tous; apprécié par le plus grand nombre; dont on recherche la compagnie.

Popularité (substantif) : le fait d'être connu et aimé du plus grand nombre. Considération qui confère une importance sociale (voir faveur).

Nous désirons tous la popularité. Pourquoi? Parce qu'être populaire signifie être aimé, or tout le monde a envie d'être aimé.

C'est loin d'être le cas, malheureusement.

Quelles sont les qualités communes aux personnes populaires qui expliquent leur popularité?

1) un comportement ouvert et appelant la sympathie;

2) une ardeur à rendre service aux autres;

3) un intérêt réel pour ce qui se passe autour d'eux (lycée ou travail);

4) une apparence soignée, une allure alerte.

Ce ne sont pas là des qualités innées. Les personnes qui en sont dotées les ont cultivées pour devenir populaires.

Vous pouvez, vous aussi, y arriver en suivant les conseils dispensés par cet ouvrage!

Samedi 26 août,
19 h Jour-J moins deux

Rien qu'à la façon dont la femme ne cessait de poser les yeux sur mon badge, j'aurais dû me douter qu'elle allait poser la question.

— Steph Landry, a-t-elle dit en sortant son porte-monnaie. D'où est-ce que je connais ce nom ?

— Je n'en ai aucune idée, madame ! ai-je répondu.

Ce qui était un mensonge éhonté. Elle a soudain claqué des doigts, les a tendus vers moi.

— J'y suis ! s'est-elle exclamée. Tu fais partie de l'équipe de football féminine du lycée.

— Non, madame.

— Tu as concouru pour le titre de reine de beauté, à la kermesse du comté de Greene.

À l'instant où elle prononçait ces mots, elle s'est cependant rendu compte qu'elle se trompait de nouveau. Je n'ai pas les cheveux qu'il faut — courts, bruns et bouclés, pas longs, blonds et raides — pour jouer les prétendantes à la couronne dans des comices agricoles de l'Indiana. Je n'en ai pas le corps non plus — je suis plutôt petite et, si je ne m'astreins pas à des exercices réguliers, mon derrière a tendance à... s'épanouir. Je me débrouille comme je peux avec ce que la nature m'a donné, mais ce n'est pas demain la veille que je figurerai dans l'émission *À la recherche du nouveau top-modèle*, et encore moins que je participerai à une élection Miss Moissonneuse-Batteuse.

— Non, madame.

J'aurais aimé qu'elle change de sujet. Normal, vu ma situation. Hélas, elle refusait de lâcher prise.

— Pourtant, a-t-elle soupiré en me tendant sa carte de crédit pour régler ses emplettes, je suis certaine d'avoir déjà rencontré ton nom. Tu es sûre que tu n'as pas été mentionnée dans le journal ?

— Quasi certaine, madame.

Il n'aurait plus manqué que ça ! Que toute l'affaire s'étale dans la feuille de chou locale. Dieu merci, je n'avais intéressé personne depuis la publication de mon faire-part de naissance. Logique, je n'ai aucun talent particulier, ni en musique ni ailleurs. Et si, au lycée, je suis le programme avancé[1] dans la plupart des matières, ce n'est pas parce que je suis une flèche. C'est simplement parce que quiconque ayant grandi

1. Aux États-Unis, les élèves les plus doués dans une matière peuvent suivre des cours d'un niveau supérieur à celui requis par le cursus normal. *(Toutes les notes sont du traducteur.)*

dans le comté de Greene et sachant que Bidule Fraîcheur Citron est une lessive pour lave-vaisselle et non un adjuvant pour le thé y est automatiquement inscrit. Il est surprenant de constater le nombre de personnes qui se trompent. Pour le Bidule Fraîcheur Citron, s'entend. D'après le père de mon ami Jason, médecin à l'hôpital de Bloomville, en tout cas.

— C'est sans doute parce que mes parents sont les propriétaires de ce magasin, ai-je repris en passant sa carte de crédit dans le sabot.

Je ne voudrais pas avoir l'air de frimer. N'empêche, *La Librairie du Tribunal* est la seule librairie indépendante de la ville. Si, naturellement, l'on omet la boutique de *Livres pour adultes et produits sexuels du Docteur Sawyer*, de l'autre côté du pont de l'autoroute.

— Non, a-t-elle affirmé en secouant la tête. Ce n'est pas ça non plus.

Elle était agacée, et je la comprenais. Le plus énervant — pour peu qu'on y réfléchisse, ce que je tâchais d'éviter, sauf lorsque des occurrences de ce genre survenaient —, c'est que Lauren et moi avions été amies jusqu'au CM2. Pas très proches, certes. Difficile d'être intime avec la fille la plus populaire de l'école, dont le calendrier mondain est extrêmement chargé. Mais suffisamment quand même pour qu'elle ait été invitée à la maison — bon, d'accord, juste une fois, et ça n'avait pas été génial ; la faute en incombe à mon père qui était en train de préparer du pain aux céréales : l'odeur de la farine d'avoine brûlée était franchement insupportable —, et que je sois allée chez elle — rien qu'une fois aussi... Sa mère s'était absentée pour une séance de manucure ; quant à son père, il avait frappé à la porte de la chambre de Lauren pour nous informer que les bruits d'explosion qui accompagnaient le débarquement de Normandie accompli par nos Barbie de la Marine étaient un peu trop assourdissants ; il avait aussi affirmé n'avoir jamais entendu parler de Barbie de la Marine. Pourquoi diable ne jouions-nous pas plutôt calmement aux Barbie infirmières ?

— Bah ! ai-je répondu à la cliente. J'ai un nom courant, voilà tout.

Ben voyons ! On se demande pourquoi. Après tout, c'est Lauren qui a inventé l'expression « Quelle Steph Landry ! » Pour se venger. Et la sauce a pris à une vitesse hallucinante. Maintenant, dès qu'un élève se rend coupable d'un acte ou d'une réflexion un tant soit peu débile ou ringard, les autres s'empressent de lui balancer : « Arrête tes Steph ! », ou : « Oh ! C'est trop Steph ! », ou : « Jolie Steph ! », ou encore : « Ne sois pas si Steph ! »

Or, je suis la Steph en question.

Génial.

— Tu as peut-être raison, a admis la femme à regret. Bon sang ! Ça va me trotter dans la tête toute la soirée, j'en suis sûre.

Sa carte ayant été acceptée, j'ai arraché le ticket pour qu'elle le signe. Pendant que je mettais ses achats dans un sac, j'ai caressé l'idée de lui balancer que mon nom lui était familier à cause de mon grand-père. C'était plausible. Il est récemment devenu l'un des hommes les plus célèbres du sud de l'Indiana. Et l'un des plus riches depuis qu'il a vendu des terres agricoles situées le long du trajet de la future quatre-voies I-69 (« qui reliera le Canada au Mexique au moyen d'un "couloir" autoroutier » *via* l'Indiana et d'autres États) afin qu'on y bâtisse l'hypermarché géant qui a été inauguré le week-end dernier. Du coup, il figure souvent dans le journal du coin, notamment parce qu'il a consacré une bonne partie de son argent à la construction d'un observatoire qu'il a l'intention de léguer à Bloomville.

C'est bien connu, tout bled du sud de l'Indiana ne saurait se passer de son observatoire.

Autre conséquence, ma mère ne lui adresse plus la parole, car la nouvelle grande surface, avec ses prix cassés, risque de priver de leur clientèle tous les magasins de la place du tribunal, y compris le nôtre.

Néanmoins, je pressentais que la femme ne se laisserait pas embobiner aussi aisément. Qui plus est, mon grand-père ne s'appelle même pas comme moi. Le pauvre homme se trimbale le nom d'Émile Kazoulis depuis sa naissance. Handicap qui, ma foi, ne l'a pas empêché de réussir.

Non, j'allais devoir accepter que, à l'instar de cette tache de limonade à la grenadine qui n'avait jamais voulu partir de la jupe en jean blanc Dolce & Gabbana de Lauren — en dépit des efforts de mon père qui avait recouru à tous les détachants connus sur terre avant de se résoudre, en désespoir de cause, à lui en acheter une neuve —, mon nom resterait à jamais ancré dans la mémoire des gens de Bloomville.

Et pas de manière positive.

— Tant pis ! a fini par se résigner la dame. Encore un de ces hasards qui ne s'expliquent pas.

— Sûrement, ai-je opiné, en respirant plus librement, tout à coup.

Enfin, elle partait.

Hélas, mon soulagement a été de courte durée. En effet, la seconde d'après, la cloche de la porte d'entrée a retenti, et Lauren Moffat en personne — vêtue du pantalon moulant taille basse blanc de chez Lilly Pulitzer[1] que j'avais essayé au centre commercial un ou deux jours plus tôt mais auquel j'avais renoncé parce qu'il coûtait l'équivalent de vingt-cinq heures de boulot à la *Librairie du Tribunal* — a déboulé dans le magasin, une glace à la main, pour gémir :

— Tu voudrais bien t'activer un peu, m'man ? Je t'attends depuis des plombes !

C'est avec un train de retard que j'ai compris qui était ma cliente. J'ai des excuses. Je ne suis pas censée lire le nom inscrit sur *toutes* les cartes de crédit qui me passent entre les mains. En plus, il y a une bonne centaine de Moffat, à Bloomville.

— Oh, Lauren, tu vas savoir, toi ! s'est aussitôt écriée sa mère. Explique-moi pourquoi le nom de Steph Landry m'est tellement familier.

1. Célèbre marque américaine de vêtements, créée dans les années 50, plutôt ciblée été/vacances, caractérisée par des modèles de couleurs vives en général.

— Sans doute parce que c'est elle qui a renversé son verre de limonade à la grenadine sur ma jupe blanche D&G devant tout le monde, à la cantine, en Sixième ? a répliqué sa fille avec un rictus méprisant.

Bévue qu'elle ne m'a jamais pardonnée. Elle s'est aussi arrangée pour que personne n'oublie l'incident. Se retournant, Mme Moffat m'a lancé un regard horrifié par-dessus son gilet à épaulettes de chez Quacker Factory[1].

— Ah ! a-t-elle murmuré. Mon Dieu. Lauren...

C'est à cet instant que celle-ci m'a remarquée, debout derrière ma caisse.

— Bravo, m'man, s'est-elle marrée avant de sortir, jolie Steph !

1. Ligne de vêtements BCBG très province.

Commençons par évaluer votre degré de popularité (ou d'impopularité). Demandez-vous comment les gens de votre entourage vous perçoivent.

Vous connaissent-ils vraiment ?

Si oui, comment vous traitent-ils ? S'autorisent-ils des remarques impolies à votre sujet — dans votre dos ou carrément en face ? Vous ignorent-ils ? Vous associent-ils à leurs sorties, à leurs activités ? Vous invitent-ils à leurs fêtes ?

En observant le comportement de vos fréquentations, vous devriez être capable de déterminer si l'on vous aime, si l'on vous tolère ou si vous êtes carrément impopulaire. Dans les deux derniers cas, il est grand temps de réagir.

Samedi 26 août,
20 h 25 Jour-J moins deux

— Yo, Crazytop[1] !

Telle est la façon dont Jason me salue, ces derniers temps.

Je sais, c'est crispant. Dommage qu'il s'en fiche complètement lorsque je le lui signale.

— Alors, quelles vilenies as-tu concoctées pour ce soir, Crazytop ? m'a-t-il demandé quand lui et Becca se sont glissés dans la boutique, environ une heure après le départ de Mme Moffat et de Lauren.

Enfin, techniquement parlant, seule Becca s'est glissée à l'intérieur. Jason, lui, a débarqué comme en pays conquis, allant jusqu'à sauter sur le comptoir et à piquer un rocher au chocolat sur le présentoir des

1. Nom d'un des super-vilains et ennemis de Superman qui est coiffé en pétard.

confiseries. Comme s'il ignorait que ça allait me mettre en rogne.

— Tu le manges, tu me files soixante-neuf *cents*, l'ai-je averti.

Sortant un dollar de sa poche, il l'a plaqué devant moi.

— Gardez la monnaie, petite.

Je vous jure, il a osé.

— Impossible, lui ai-je expliqué (pour la neuf cent millième fois sans doute), sinon la caisse sera fausse.

Avec un soupir exagéré, il a résolu le problème en s'emparant d'une autre friandise qu'il a jetée à Becca. Laquelle a été si surprise qu'un chocolat sorti de nulle part lui tombe dessus qu'elle n'a pas songé à le rattraper. Le rocher a rebondi sur sa clavicule, est tombé par terre et a roulé sous une étagère. Becca s'est aussitôt mise à quatre pattes sur la moquette décorée d'un abécédaire, histoire de récupérer son bien.

— La vache ! s'est-elle exclamée. Qu'est-ce qu'il y a comme moutons, là-dessous ! Ça ne vous arrive jamais de passer l'aspirateur, ou quoi ?

— Maintenant, tu me dois trente-huit *cents*, ai-je informé Jason.

— Extra ! Encore combien de temps avant qu'on te libère de cet asile de fous ?

Une de ses phrases favorites. Alors qu'il connaît la réponse par cœur.

— Nous fermons à neuf heures. Tu le sais pertinemment. C'est ainsi depuis que cette boutique existe, ce qui remonte à avant notre naissance, si tu me permets de te le rappeler.

— Puisque tu le dis, Crazytop !

Sur ce, il s'est octroyé un deuxième bonbon. Je suis estomaquée par les quantités qu'il réussit à ingurgiter sans prendre un gramme. Moi, deux chocolats par jour, et je n'entre plus dans mon jean à la fin du mois. Lui est capable d'en bâfrer vingt quotidiennement, et il aura toujours de la place à revendre dans son Levis.

Un truc de garçon, à mon avis. Sans compter la croissance. Jason et moi avons mesuré la même taille et pesé le même poids durant toutes nos années d'écoles primaire et élémentaire, ainsi qu'au début du collège. S'il me battait d'une courte tête dans les jeux de ballon, je le ratatinais à la lutte couchée et au Stratego[1]. Puis, cet été, il est allé en Europe avec sa grand-mère pour visiter les sites du livre préféré de celle-ci, le *Da Vinci code*, et quand il est revenu, il mesurait quinze centimètres de plus qu'à son départ. Qui plus est, il est devenu plutôt craquant.

Pas à la Mark Finley, évidemment, Mark Finley étant le gars le plus mignon (et le plus sympa) du lycée de Bloomville. Mais pas mal du tout. Je trouve très déroutant de s'apercevoir que son meilleur ami s'est

1. Lutte couchée (*leg-wrestling*) : jeu où deux adversaires se couchent tête-bêche sur le dos, nouent leurs jambes et tentent de renverser l'autre sur le ventre, simplement par la force de leurs membres inférieurs. Stratego : jeu de stratégie classique pour deux joueurs consistant à s'emparer du drapeau de son adversaire à l'aide d'une armée de quarante pièces tout en essayant de défendre le sien.

transformé en beau mec. Surtout que, maintenant, il s'efforce de prendre assez de poids pour combler l'écart avec sa récente poussée en graine. (Oui. *Lui* doit grossir. Pauvre bébé, ça me fend le cœur !)

Maintenant, je ne l'emporte plus qu'à la lutte couchée (il a même réussi à comprendre comment me flanquer la piquette au Stratego). Juste parce que s'allonger près d'une fille le perturbe quelque peu, j'en ai bien peur. Je dois reconnaître que m'étendre près de lui depuis qu'il est rentré d'Europe, par terre à la maison ou dans l'herbe sur la Colline, un endroit où nous allons souvent regarder les étoiles, me trouble moi aussi. Mais pas assez pour ne pas le retourner comme une crêpe. J'estime vital de ne pas laisser les hormones se mettre en travers d'une amitié parfaite. Et de se concentrer sur l'exercice en cours.

— Arrête de m'appeler Crazytop ! ai-je rétorqué.

— Ça te va comme une moufle, pourtant.

— Un gant ! L'expression, c'est « aller comme un gant ».

Réflexion qui a poussé Becca, laquelle avait enfin retrouvé son chocolat, à se relever et à pépier :

— J'aime bien Crazytop, moi.

Une nuance de regret dans la voix, et en ôtant les moutons de poussière de ses boucles blondes.

— Ben tiens ! ai-je grommelé. Je te cède volontiers le sobriquet, si tu y tiens tant.

— Que dalle ! s'est récrié Jason. Tout le monde n'a pas le cerveau criminel de notre Crazytop ici présente.

Toujours installé sur son perchoir, il s'amusait à balancer les jambes, menaçant de briser la vitrine aménagée sous le comptoir.

— Si jamais tu casses ce carreau, ai-je grondé, je t'oblige à rapporter toutes les poupées chez toi.

L'endroit abrite en effet une trentaine de figurines Madame Alexander[1]. Puis-je me permettre de souligner que c'est moi qui ai eu l'idée de les mettre sous verre, à l'abri de la convoitise des amateurs enragés qui, c'est bien connu, se révèlent avoir la main leste dès qu'ils se trouvent en présence de produits Madame Alexander et s'arrangent toujours pour être équipés de fourre-tout fort vastes — et généralement décorés de chatons — dans les boutiques telles que la nôtre, histoire d'enrichir leur collection sans s'embarrasser du fardeau bien empoisonnant de devoir payer pour ça ? Jason soutient que ces poupées le terrifient et que, parfois, il fait des cauchemars dans lesquels elles le poursuivent en tendant vers lui leurs minuscules doigts en plastique et en clignant de leurs yeux d'un bleu étincelant. Ses guibolles se sont aussitôt immobilisées.

— Dieu du ciel ! Je ne m'étais pas rendu compte qu'il était si tard !

Ça, c'était ma mère, émergeant de son bureau, à l'arrière du magasin, précédée par son ventre, comme

1. Véritable institution outre-Atlantique, fondée en 1923 par Beatrice Alexander Behrman. Exploitant des personnages de fiction (Alice, Scarlett O'Hara, filles du Dr March, etc.), la marque sera la première à fabriquer des poupées en plastique dans les années 50. Certaines sont devenues des objets de collection très recherchés.

d'ordinaire. Je suis sûre que mes parents cherchent à gagner le record national de procréation. Ma mère est sur le point d'expulser son sixième enfant — fille ou garçon, on n'en sait encore rien — en seize ans. Lorsque le bébé sera né, nous serons la famille la plus nombreuse de la ville, excepté les Grubbs, qui ont huit gosses, mais dont le mobile-home n'est, techniquement parlant, pas situé à Bloomville, étant à cheval sur la frontière séparant les territoires de Bloomville et de Greene. Il me semble d'ailleurs que certains des plus jeunes rejetons Grubbs ont été retirés à leurs géniteurs après que les services sociaux ont découvert que le père leur préparait des bassines de « limonade » à base de Bidule Fraîcheur Citron.

— Bonjour, madame Landry ! ont entonné en chœur Jason et Becca.

— Oh, bonjour vous deux !

Ma mère leur a adressé un sourire éclatant. Une habitude récente — allez comprendre. Sauf quand grand-père est dans les parages, naturellement. Dans ces cas-là, c'est elle qui éclate, pas son sourire.

— Qu'avez-vous prévu pour votre dernier samedi soir avant la rentrée ? s'est-elle enquise. Quelqu'un a-t-il organisé une fête ?

Tel est le monde imaginaire dans lequel elle évolue. Un univers merveilleux où mes amis et moi sommes invités à des bringues pour célébrer la fin des vacances. Comme si elle n'avait jamais entendu parler de l'incident de la Méga-Tache-Rouge-de-Grenadine. Alors qu'elle était là quand il s'est produit, pourtant !

Et pour commencer, c'est sa faute si j'avais une bouteille de limonade à la grenadine : pour se faire pardonner de m'avoir emmenée chez le dentiste — lequel avait resserré mon appareil —, elle m'avait acheté cette gâterie sur le chemin du retour à l'école. Dingue. Quelle maman un tant soit peu sensée autorise sa fille à aller en cours armée d'une bouteille de limonade à la grenadine ?

Ce n'est qu'une preuve supplémentaire à l'appui de ma théorie selon laquelle mes parents sont totalement irresponsables. Je sais que beaucoup d'enfants portent le même jugement sur les leurs mais, dans mon cas, c'est la vérité vraie. Je l'ai compris le jour où ils nous ont traînés à un salon du livre à New York, week-end durant lequel ils ont consacré leur temps à deux uniques activités : se perdre et/ou traverser juste devant les voitures, croyant que celles-ci s'arrêteraient, parce que c'est ainsi qu'on procède à Bloomville. Autant le dire tout de suite : à New York, pas de danger que ça arrive. Tout cela n'aurait pas été trop grave si j'avais été seule avec eux. Mais non ! Il avait fallu que nous traînions derrière nous mon frère Pete, âgé de cinq ans à l'époque, ma sœur Catie, encore en poussette, et mon autre frère Robbie, alors un bébé en barboteuse (Sara n'était pas née). Moi et eux, c'était déjà limite. Là, de jeunes innocents risquaient leur peau ! À leur cinquième tentative pour se jeter sous les roues d'un autobus, j'en suis arrivée à la conclusion que papa et maman étaient dérangés, et qu'il ne fallait en aucune circonstance leur faire confiance.

Signalons que je n'avais que sept ans !

Ma conviction a été définitivement renforcée à la puberté, lorsqu'ils ont commencé à me tenir le discours : « Écoute, nous n'avons aucune expérience en tant que parents d'une ado, et nous ignorons si nous agissons comme il le faut. Mais ne t'inquiète pas, chérie, nous faisons de notre mieux. » Qui tient à entendre des trucs pareils de la part de ses géniteurs ? Personne. Au contraire, tout le monde souhaite pouvoir se reposer sur eux, penser qu'ils ont la situation en main et qu'ils savent où ils vont. Les miens ? Autant rêver.

Le pire a été l'été entre ma Sixième et ma Cinquième, quand ils m'ont forcée à partir en camp scout. Moi, je n'avais envie que d'une chose — rester à la maison et aider au magasin. Je ne suis pas précisément une fana de la nature, dans la mesure où je suis un aimant à aoûtats, à tiques et à moustiques. Comme si ça ne suffisait pas, j'ai découvert que Lauren Moffat serait une de mes compagnes de chambre. Avec un calme et une maturité remarquables, j'ai expliqué à la monitrice que ça n'allait pas fonctionner à cause de la haine absolue que Lauren nourrissait à mon encontre suite à l'incident de la Méga-Tache-Rouge-de-Grenadine. Malheureusement, l'autre a répondu avec un enthousiasme écœurant qu'elle veillerait au grain, tandis que ma maternelle a eu le culot de s'excuser en prétendant que j'avais du mal à me lier d'amitié.

— Nous allons changer ça, l'a rassurée la mono, pleine d'assurance.

Et elle m'a maintenue dans le bungalow de Lauren.

Ça a duré deux jours. Je ne mangeais rien, trop nauséeuse, et je refusais d'aller aux toilettes, car chaque fois que je m'y risquais, Lauren s'arrangeait pour qu'elle ou l'une de ses copines surgisse aux cabinets (genre cabane au fond du jardin) et siffle : « Hé ! Pas de Steph Landry, là-dedans ! » Résultat : la monitrice m'a transférée dans un chalet, avec des asociales de mon acabit. Bref, le séjour n'a pas été trop pénible.

Au vu de ce que je viens d'exposer, et même sans préciser que ma mère ne connaît rien à rien au commerce des livres ni à la comptabilité, ce qui ne l'empêche pas de posséder sa propre affaire, et que mon père est persuadé qu'il existe quelque part un marché prometteur pour sa série — non encore publiée — de bouquins mettant en scène l'entraîneur de basket d'un lycée de l'Indiana qui élucide des crimes, il est parfaitement évident que mes vieux sont indignes de confiance.

J'évite aussi soigneusement de leur parler de ma vie personnelle, sauf lorsque c'est inévitable.

— Non, pas de fête, madame Landry, a répondu Jason.

Je lui ai appris comment gérer mes parents, car sa grand-mère va bientôt épouser mon grand-père, ce qui fera de lui le cousin par alliance de ma mère (je crois).

— On va se contenter de monter et de descendre la Grande-Rue en voiture.

Il a dit ça d'un air hyper-décontracté, comme s'il ne s'agissait de rien du tout. Mon œil ! Jason est le premier de nous trois à avoir son véhicule perso — il a économisé tout l'été pour acheter la BMW 2002 TII modèle 1974 de la femme de ménage de sa grand-mère. Ce soir, il l'inaugure. Par conséquent, et pour la première fois de notre histoire commune, Jason, Becca et moi ne tuerons pas le temps allongés dans l'herbe sur la Colline à contempler les étoiles ou assis sur le Mur devant le glacier, là où toute la ville — ceux qui n'ont pas de véhicule, du moins — se rassemble le samedi soir pour reluquer les gosses de riches (qui ont reçu une auto pour leur seizième anniversaire[1], et non un ordinateur portable comme nous autres) écumer la Grande-Rue, artère principale du centre, astucieusement baptisée comme on voit.

La Grande-Rue commence à Creek Park, où l'observatoire est en voie d'achèvement, et file tout droit jusqu'au palais de justice, en passant devant les enseignes de magasins franchisés qui ont provoqué la fermeture de toutes les petites boutiques de vêtements locales (de la même manière que l'hypermarché et son énorme rayon de livres à bas prix nous mettront sur la paille, d'après ma mère). Au tribunal, un édifice imposant en pierre de taille surmonté d'une coupole blanche elle-même surmontée d'une flèche elle-même surmontée d'une girouette en forme de poisson — un choix mystérieux, vu que l'Indiana est à des kilomètres du premier océan — les chauffeurs font demi-tour et

1. Les jeunes Américains peuvent conduire dès l'âge de seize ans.

repartent vers Creek Park pour une deuxième exhibition.

Ma mère a semblé déçue. La pauvrette. Certes, nul parent n'est très heureux d'apprendre que son rejeton compte consacrer son dernier samedi soir des vacances d'été à rouler dans l'artère principale de la ville. Mais c'est ignorer à quel point ça vaut mieux que d'être condamné au Mur à admirer les autres s'adonner à cette formidable activité. Précisons que le nirvana consiste, aux yeux de ma mère, à coucher les petits et à s'abrutir devant *New York Unité spéciale* en réglant son compte à un bol de glace au chocolat aux éclats de noisettes. Ce qui laisse rêveur quant à la sûreté de son jugement.

— Tu en as encore pour longtemps, Crazytop ? m'a demandé Jason.

Je comptais la recette de la journée, consciente que, si elle n'égalait ou ne dépassait pas celle de l'an dernier à la même date, ma maternelle allait claquer d'un infarctus.

— J'aimerais bien que quelqu'un me donne le nom d'un roi du crime, a suggéré — pas très subtilement — Becca avec un soupir.

— Désolé, Bex. Tu n'as pas l'inimitable faciès — menton proéminent ou méga écartement des yeux — qui te vaudrait cette faveur. Tandis que Crazytop… eh ben, il suffit de la regarder.

— En tout cas, ai-je riposté aussi sec, moi, quand je me mouche, je n'asperge pas mes voisins. Tout le monde ne peut pas en dire autant, nasique !

— Stéphanie ! a crié ma mère, consternée que j'ose me moquer du nez de Jason, un peu trop long et trop épaté pour son visage.

— Tranquillisez-vous, madame Landry, a-t-il répondu en mimant l'homme blessé, je suis conscient d'être hideux. Je vous autorise à détourner la tête, ça ne me vexera pas.

(Soixante-sept, soixante-huit, soixante-neuf, soixante-dix billets d'un dollar.) Levant les yeux au ciel — il est loin d'être laid, je ne le sais que trop bien —, je suis allée enfermer le tiroir-caisse dans le coffre-fort du bureau, pour la nuit. J'ai évité d'annoncer que nous avions gagné cent dollars de moins que l'an passé ; par bonheur, ma mère n'a rien demandé, encore sous le choc de la méchanceté que j'avais balancée à Jason. Comme si elle ne l'avait pas entendu me traiter de Crazytop un bon millier de fois ! Elle trouve ça « mignon ». Elle n'a jamais rencontré Mark Finley, sinon elle connaîtrait la signification de cet adjectif.

Revenant dans le magasin, j'ai aperçu M. Huff, un de nos fidèles clients, plongé dans le dernier *Chilton's*[1], consacré aux Mustangs. Ses trois mômes, dont il a la garde le week-end, étaient occupés à démolir le train en bois que nous mettons à la disposition des enfants pendant que les adultes font leurs emplettes.

— Désolée, les gars, leur ai-je lancé, nous fermons.

1. Revue technique automobile destinée aux mécaniciens et bricoleurs du dimanche qui souhaitent réparer leur voiture eux-mêmes.

Ils ont exprimé leur dépit par des grognements. Apparemment, leur père n'avait pas chez lui de joujoux aussi fantastiques que ceux de la boutique. À regret, ils ont cessé de fourrer un wagon sous la jupe d'une poupée à l'effigie d'Arwen[1]. Surpris, leur père a relevé la tête.

— C'est déjà l'heure ? s'est-il exclamé en consultant sa montre. Nom d'un chien !

— T'es vraiment trop Steph, p'pa ! lui a lancé son fiston de huit ans, Kevin, en éclatant de rire.

Je me suis figée sur place, toisant le gosse, lequel m'a adressé un sourire radieux. Il était clair qu'il ne se rendait pas du tout compte de l'insulte qu'il venait de proférer. Pas plus qu'il ne se rendait compte qu'il l'avait proférée devant *moi*.

Bah ! Ce n'était pas trop grave, à la réflexion. Parce que, maintenant, j'ai le Livre. Et le Livre va me sauver.

---

1. Personnage du *Seigneur des Anneaux*.

Il est essentiel de comprendre pourquoi vous êtes impopulaire, si tel est le cas. Les raisons peuvent être multiples, bien sûr. Êtes-vous handicapée par le fait d'avoir une forte odeur corporelle ? Avez-vous de l'acné ? Êtes-vous particulièrement grosse ou maigre ? Êtes-vous la « nulle de la classe » (celle qui pratique un humour déplacé) ? Sans doute pas, dans la mesure où les problèmes ci-dessus exposés se règlent facilement grâce à des cosmétiques, un régime et/ou des activités sportives, et une maîtrise de soi.

Si vous avez répondu non aux questions précédentes, votre impopularité relève d'un cas plus grave.

Et si, en effet, VOUS en étiez directement responsable ?

Partons du principe que, un jour, vous avez commis quelque chose d'horrible, un acte qui serait à l'origine de votre impopularité. Comment réagir ? Vous est-il possible de faire oublier cette catastrophe ?

Samedi 26 août,
22 h 20 Jour-J moins deux

J'ignore pourquoi je n'en ai pas parlé à Jason et Becca. Du Livre. Ce n'est pas que ça me gêne… enfin, presque pas.

Et ce n'est pas non plus comme si je l'avais volé. J'ai très officiellement demandé à la grand-mère de Jason la permission de l'emporter quand je l'ai déniché dans un carton du grenier des Hollenbach, le jour où nous l'avons vidé et nettoyé pour que Jason puisse le transformer en pavillon de piscine à la Ryan Atwood teinté de garçonnière pour célibataire à la Greg Brady[1] — ce qui, vu qu'il habite encore chez ses parents, n'a pas

1. Ryan Atwood : héros rebelle de seize ans qui est fichu dehors par sa mère dans la série TV *Newport Beach* (et s'installe dans un vestiaire de piscine, apparemment) ; Greg Brady : personnage d'une série très populaire des années 70, *La Famille Brady* (*The Brady Bunch*).

beaucoup de sens. Sauf qu'il était plus facile de lui installer un nouveau nid dans les combles plutôt que d'arracher le papier peint à voitures de course de son ancienne chambre.

Certes, je n'ai pas brandi le Livre sous les yeux de Kitty — Mme Hollenbach, la grand-mère de Jason. (Elle nous a priés de l'appeler par son prénom pour éviter la confusion avec l'autre Mme Hollenbach, sa bru, la mère de Jason.) J'ai juste poliment réclamé *tout* le carton, lequel, en plus du Livre, contenait de vieux vêtements et quelques romans à l'eau de rose drôlement olé olé des années 80 qui, je l'avoue, m'ont amenée à considérer Kitty sous un nouveau jour — l'héroïne d'un de ces ouvrages pratiquait l'amour « à la turque » — et croyez-moi, cela ne consistait pas à porter un fez pendant l'acte !

— Bien sûr, chérie ! a répondu Kitty après s'être bornée à jeter un vague coup d'œil au carton. Mais je ne vois pas bien l'intérêt que représentent ces vieux machins.

Si seulement elle s'était doutée !

Bref, je n'ai rien dit à mes amis. Et je ne pense pas que ça risque d'arriver. Parce que... en vérité, ils se contenteraient de rigoler. Ce que je ne supporterais pas. Grâce à Lauren Moffat, voici cinq ans qu'on se moque de moi. Je ne crois pas que je tolérerai une dose supplémentaire de raillerie. Passons.

Il s'est révélé que monter et descendre la Grande-Rue en voiture n'était pas aussi amusant que regarder les autres le faire. En ricanant derrière leur dos. Je n'en reviens pas d'avoir désiré, tout l'été, être dans une bagnole plutôt que dehors à admirer le spectacle. Alors qu'il est tellement mieux d'être assis sur le Mur. De là, au moins, on se régale quand Darlene Staggs ouvre la porte passager du pick-up de son petit copain du soir pour vomir la bibine qu'elle a ingurgitée pendant qu'elle bronzait au lac l'après-midi. De là, on entend Bebe Johnson chanter à l'unisson de son autoradio avec sa petite voix d'écureuil. De là, on a droit à Mark Finley ajustant son rétroviseur pour s'y contempler et rectifier l'ordonnancement de sa frange.

Rien de tel depuis le siège arrière de la BMW de Jason.

Or, c'est là que j'ai été cantonnée, parce que Becca est malade si elle n'est pas installée devant. Elle était donc à côté de Jason, et mon horizon était plutôt limité — leurs deux têtes. Si bien que lorsque Jason s'est écrié : « Hé ! Vous avez vu ça ? Alyssa Krueger s'est pris un gadin au milieu de la rue en essayant de courir en espadrilles à talons compensés du monospace de Shane Mullen à la jeep de Craig Wright ! », j'ai tout raté.

— A-t-elle déchiré son pantalon ? me suis-je empressée de demander.

Hélas, ni Jason ni Becca n'ont été en mesure de me renseigner sur ce point fondamental.

Par ailleurs, j'admets que Jason soit excité par sa nouvelle voiture et tout, il n'empêche qu'il pousse le bouchon un peu loin à mon goût. Dès qu'il croise une autre BMW, il s'adonne à ce qu'il appelle la Courtoisie Béhème, à savoir qu'il autorise l'autre à lui couper la route, surtout si c'est une série 7, la reine de la marque, ou le coupé 645 CI. Ce que, personnellement, je trouve gonflé, car Lauren Moffat en a une (son père est le concessionnaire BMW local).

— Ah non ! me suis-je exclamée quand Jason a permis à une blonde en décapotable rouge de lui faire une queue de poisson devant la confiserie de la place du tribunal. Ne me dis pas que tu viens juste de te laisser doubler par Lauren Moffat !

— Courtoisie Béhème, Crazytop, a-t-il répliqué. Je n'y peux rien. Elle conduit un modèle supérieur au mien. Je suis *forcé* de lui céder le passage. C'est une obligation morale.

Parfois, j'ai vraiment le sentiment que Jason est le taré en chef du comté de Greene. Il est pire que moi. Ou que Becca. Ce n'est pas peu dire, quand on pense que celle-ci a passé la plupart de son existence dans une ferme isolée, quasiment privée de tout contact avec des enfants de son âge, excepté à l'école, où personne sauf moi ne lui adressait la parole parce qu'elle portait des salopettes et s'endormait quotidiennement pendant le cours d'éducation civique. Les autres voulaient toujours la réveiller, mais je leur ordonnais de lui fiche la paix, vu qu'elle avait apparemment besoin d'une petite sieste réparatrice. Je la croyais dépressive, jusqu'à ce que je découvre que, si elle piquait du nez, c'est simplement qu'elle devait se lever à quatre heures du matin pour prendre le bus de ramassage scolaire — l'inconvénient de vivre au fin fond de la cambrousse.

De longues et délicates négociations ont été nécessaires pour l'amener à renoncer à ses fringues de péquenaude. Quant à ses assoupissements en classe, ils n'ont été résolus que l'an passé, lorsque le gouvernement a acheté les terres de ses parents pour y construire l'I-69, et que je les ai persuadés d'acquérir l'ancienne maison des Snyder, en bas de notre rue. Maintenant que Becca a le loisir de dormir jusqu'à sept heures, elle est parfaitement lucide en classe, y compris pendant les cours d'éducation sexuelle, qui n'exigent pourtant pas qu'on le soit (lucide).

Pas étonnant en tout cas que ces deux-là soient mes meilleurs amis. Attention ! Je suis très heureuse de les avoir dans ma vie (enfin, Jason un peu moins depuis son étrange comportement de ces derniers temps). Parce que nous nous sommes sacrément marrés, ensemble. Il y a eu ces nuits où, allongés sur le dos, en haut de la Colline, nous avons observé le ciel virer au rose, puis au violet et enfin au bleu sombre tandis que les étoiles s'allumaient les unes après les autres et que nous méditions sur ce que nous ferions au cas où une gigantesque météorite — comme celles des Léonides[1] — menaçait de nous tomber dessus à des millions de kilomètres-heure. (Becca : demander pardon au Seigneur pour ses péchés ; Jason : dire adieu

1. Essaim météorique qui tombe sur terre tous les ans entre le 14 et le 21 novembre suite au passage de la comète Tempel-Tuttle. Selon les années, cette pluie d'étoiles filantes peut compter jusqu'à 100 000 spécimens.

au monde ; moi : me tirer d'ici en vitesse.) N'empêche. Becca et Jason ne sont pas normaux.

Prenons par exemple la musique que nous écoutions dans la voiture tout en cinglant dans la Grande-Rue. Jason avait concocté une compilation de ce qu'il considère comme les plus grands tubes des années 70. Sa voiture datant de cette époque, il estimait que c'étaient les seules chansons appropriées. Ce soir-là, nous avons eu droit à son année favorite, 1977. Les *Sex Pistols* et la bande-son de *La Guerre des étoiles*. Sans charre. Rien de plus exaltant que de se balader en ville au son d'un groupe extraterrestre.

Nous étions arrêtés au feu rouge de la papeterie, quand Mark Finley a déboulé au croisement de la Grande-Rue et d'Elm Street dans son 4 × 4 mauve et blanc (les couleurs du lycée). Il a klaxonné. Mon cœur, comme chaque fois que j'aperçois Mark Finley, a palpité dans ma poitrine. Lauren, qui était devant nous à bord de son cabriolet, lui a répondu de même en agitant le bras, toute contente. J'ai eu de mal à distinguer la réaction de Mark, parce que Jason faisait des gestes obscènes dans sa direction… en prenant soin cependant de garder ses doigts sous le tableau de bord afin que l'autre ne le voie pas. Personne ne s'amuse à provoquer l'arrière de l'équipe de foot[1] du lycée, sauf s'il a envie de mourir dès le premier jour de la rentrée.

— Regarde, Steph ! a lancé Jason. Ton amoureux.

---

1. De football américain, bien sûr.

Ce qui a déclenché l'hilarité de Becca, qui a néanmoins essayé de la cacher pour ne pas me froisser, donnant du coup l'impression de s'étrangler.

— A-t-il déjà eu le plaisir de contempler ta nouvelle coiffure ? a poursuivi Jason. Parce que je te jure que, quand ce sera le cas, il oubliera complètement Mlle Moffat pour foncer sur tes tifs.

Je n'ai pas daigné relever. Car, en vérité, même si Jason parlait à tort et à travers, c'est exactement ce qui va se passer. Mark Finley va se rendre compte que lui et moi sommes faits l'un pour l'autre. *Forcé.*

Pour résumer, arpenter en voiture la Grande-Rue était des plus barbants. Opinion partagée, d'ailleurs, puisque, au troisième tour de piste, Jason a dit :

— J'ai l'impression d'être un vrai crétin. Un café, ça tente quelqu'un ?

Pas vraiment. En même temps, je le comprenais. Après tout, monter et descendre une artère est à mourir d'ennui, même si pratiquement toutes vos connaissances s'adonnent à la même activité. De plus, *La Cafetière* a un avantage non négligeable : une terrasse à l'étage d'où l'on peut continuer à mater dehors, parce que le café est situé sur la Grande-Rue. Juste en face du Mur, derrière lequel les gothiques et les punks se rassemblent pour fumer leurs cigarettes « à la girofle ».

Nous n'avions pas plus tôt accaparé notre table préférée, sur le balcon, que Jason, me donnant un coup de coude dans les côtes, a tendu le doigt.

— Alerte ! Ken et Barbie à deux heures !

Baissant les yeux, j'ai en effet aperçu Lauren Moffat et Mark Finley, qui se dirigeaient vers le distributeur de billets juste en dessous de nous. Il me paraît inconcevable qu'un garçon aussi bon que Mark sorte avec une garce comme Lauren. Car enfin, Mark est presque universellement apprécié, excepté par Jason qui déteste quasiment tout le monde, sauf son meilleur pote Stuckey, l'humain certainement le plus ennuyeux de la terre, Becca et moi — en tout cas, quand nous ne nous sommes pas chamaillés. Mark est élu représentant des élèves tous les ans depuis... euh... toujours. À cause de sa gentillesse. Alors que Lauren... Disons les choses ainsi : seule son apparence physique explique que Mark soit attiré par elle. Deux personnes aussi belles — naturellement, Mark n'est pas que gentil ; il est aussi d'une beauté à la Brad Pitt — se *doivent* d'être ensemble, j'imagine. Même si l'une d'elles est l'engeance du diable. Or Mark et Lauren sont ensemble, aucun doute là-dessus. Il avait un bras passé autour de ses épaules, elle avait glissé ses doigts dans les siens, et ils se bécotaient sans se préoccuper de ceux qui, assis au-dessus d'eux, ne tenaient pas spécialement à être témoins de leurs baisers. Sauf que, apparemment, j'étais la seule pour laquelle la vision de Mark embrassant Lauren était un fer rouge plongé dans le cœur. Jason et Becca, eux, n'apprécient tout bonnement guère les échanges de salive — ils trouvent ça dégoûtant.

— Beurk ! a lâché Becca en détournant la tête.

— Quel exhibitionnisme ! s'est exclamé Jason.

Je me suis dévissé le cou afin de regarder par-dessus la rambarde du balcon. Malheureusement, les tourtereaux avaient disparu sous nos pieds, pour que Mark puisse retirer de l'argent, et je ne distinguais qu'un peu des cheveux de Lauren.

— Pourquoi se sentent-ils obligés de se peloter en public ? a continué Jason. Ils veulent nous montrer qu'*eux* ont quelqu'un tandis que *nous* sommes seuls, ou quoi ?

— À mon avis, ce n'est pas calculé, a expliqué Becca. Ils ne peuvent tout simplement pas résister à la tentation.

— Mon œil ! a riposté Jason. Pour moi, ils le font exprès, afin que nous autres nous sentions nuls de ne pas encore avoir rencontré l'âme sœur. Comme si le bahut était le lieu pour ça, tiens !

— Pourquoi pas ? a objecté Becca. Si ça se trouve, c'est peut-être la seule chance que ça t'arrive jamais. Et si tu refuses de la saisir sous prétexte que ce n'est pas le bon endroit, tu risques de ne plus tomber dessus et de rester célibataire jusqu'à la fin de tes jours.

— À la réflexion, je ne crois pas du tout au concept d'âme sœur, a répliqué Jason. Pour moi, les « bons » partenaires sont multiples, et multiples les opportunités de les croiser. Certes, ça peut se produire à l'école, mais ce n'est pas parce que tu n'auras pas sauté sur l'occasion que tu seras condamné à la solitude toute ton existence. Une autre se représentera, à un moment de ta vie plus adéquat pour toi.

— En quoi une rencontre au lycée est-elle inadéquate ? a demandé Becca.

— Voyons un peu, a marmonné Jason en se frottant le menton comme s'il méditait la question. Parce que tu habites encore chez tes parents ? Où ton âme sœur et toi-même allez-vous… ben, tu sais ?

— Dans ta voiture, a répondu Becca après avoir considéré le problème.

— Ça craint, lui a opposé Jason. Tu parles d'un romantisme ! Laisse tomber !

— Donc, a résumé Becca, d'après toi, il vaut mieux ne pas sortir avec quelqu'un du bahut parce qu'une voiture n'est pas un lieu de rencontre romantique ?

— Oh, tu peux sortir autant que tu veux. Aller au ciné, traîner çà et là. En revanche, il faut absolument éviter… les sentiments.

— Quoi ? s'est récriée Becca, abasourdie. Tu prétends qu'il ne faut pas aimer ?

— Pas un camarade de lycée, en tout cas. Sauf si tu tiens à te retrouver dans le caca.

(Sauf qu'il n'a pas dit caca.)

— Pouah ! s'est offusquée Becca.

— Je suis sérieux, a enchaîné Jason. Imagine que tu sortes avec un mec du lycée. Que se passera-t-il quand vous romprez ? Tu seras forcée de le voir tous les jours. Tu crois que ce sera cool ? Super tendu, plutôt. Qui a envie de s'embarrasser d'une situation pareille ? Le bahut est assez pénible comme ça sans y ajouter ce genre d'ennuis.

— Donc, a repris Becca qui, visiblement, avait besoin de mettre les points sur les I, tu n'as jamais songé à sortir avec une fille de l'école, sans même parler de tomber amoureux ? D'aucune ?

— Exactement. Et ça n'est pas près d'arriver.

Becca a semblé dubitative. Mais moi, je savais qu'il était sincère. J'étais bien placée pour ça, depuis que, au CM2, un maître fraîchement débarqué n'avait rien trouvé de mieux que de nous installer côte à côte en classe. Jason n'avait cessé de me pincer, de me donner des coups de coude, de me narguer jusqu'à ce que je craque. J'avais interrogé mon grand-père sur la réaction à adopter face à cette attitude — devais-je le pincer moi aussi ou le dénoncer ? —, et il m'avait expliqué que, lorsque les garçons embêtaient les filles, c'était toujours parce qu'ils étaient un peu amoureux d'elles.

Cependant, quand j'avais — étourdiment, j'en conviens aujourd'hui — répété ça à Jason (à la minute même où il avait fait mine d'essuyer ses doigts pleins de morve sur ma chaise avant que je m'y assoie), ce dernier s'était tellement fâché qu'il ne m'avait plus reparlé jusqu'à la fin de l'année scolaire. Finies, les rencontres entre son GI Joe et ma Barbie spéléologue. Finies, les parties de Stratego. Finies, les courses poursuites à vélo et la lutte couchée. À la place, il n'avait plus quitté son imbécile de Stuckey, ne me laissant pas d'autre choix que de me rabattre sur l'amitié de la Belle au bois dormant (alias Becca).

Ce n'était qu'en Sixième qu'il avait accepté de réviser son jugement, juste après l'incident de la Méga-

Tache-Rouge-de-Grenadine, quand la campagne terroriste de Lauren à mon encontre avait atteint de tels sommets qu'il n'avait pu faire autrement que de se sentir désolé pour moi et avait recommencé à déjeuner en ma compagnie, la pestiférée obligée de manger seule à la cantine.

Bref, Jason n'est pas un adepte des romances lycéennes. Mais alors, pas du tout.

— Sinon, a-t-il repris, on finit par ressembler aux deux crétins, là sous nos pieds. À propos, Crazytop, me permets-tu de te demander ce que tu fabriques ?

— Rien, ai-je répondu, l'innocence incarnée, en cessant aussitôt de secouer par-dessus la balustrade les sachets de sucre en poudre que j'avais déchirés.

— À d'autres ! a-t-il répliqué. J'ai comme l'impression que tu es en train de sucrer la tête de Lauren.

— Chut ! Il neige. Mais juste sur Lauren. (J'ai saupoudré encore un peu de poudre blanche.) « Joyeux Noël, monsieur Potter », ai-je chantonné doucement en imitant au mieux James Stewart. « Joyeux Noël, la banque[1] ! »

Jason a pouffé, et j'ai dû lui signaler de baisser d'un ton, tandis que Becca, voyant que mes réserves s'ame-

1. Célèbres répliques du film de Frank Capra, *It'a a Wonderful Life* (*La vie est belle*, 1946), dans lequel l'acteur James Stewart incarne George Bradley, le directeur d'une société de crédit qui permet aux pauvres d'accéder à des logements décents et, de ce fait, s'attire les foudres du riche et détestable M. Potter. La veille de Noël, au bord du dépôt de bilan, persuadé d'avoir échoué dans sa mission bienfaitrice, George envisage de se suicider. Dieu lui envoie alors un ange, Clarence, chargé de lui montrer que la vie vaut d'être vécue.

nuisaient, s'empressait de me tendre de nouveaux sachets.

— Moins fort ! ai-je ordonné à Jason. Tu vas gâcher leur plaisir. « Joyeux Noël à tous, et bonne nuit ! »

— Hé ! a lancé soudain la voix de Lauren Moffat avec des accents pour le moins irrités. Qu'est-ce... Ah ! c'est quoi, ce truc dans mes cheveux ?

Tous trois avons plongé sous l'abri de notre table pour que Lauren ne puisse nous apercevoir, des fois qu'elle comprenne ce qui se passait et lève les yeux. Je l'apercevais à travers les fentes du garde-fou entourant la terrasse, mais je savais que j'étais invisible pour elle. Elle secouait la tête. Accroupie à mon côté, Becca a plaqué ses mains sur sa bouche afin d'étouffer ses rires. Jason avait l'air d'être sur le point de pisser dans son froc tant il s'efforçait de contenir son hilarité.

— Qu'y a-t-il, bébé ? a lancé Mark, qui a émergé sur le trottoir en rangeant son portefeuille dans la poche arrière de son jean.

— J'ai quelque chose, du sable ou je ne sais quoi, dans les cheveux, a expliqué Lauren en ébouriffant ses tifs.

Ce qui la révulsait sûrement, dans la mesure où elle les avait passés au fer pour les lisser.

— Je ne vois rien, a annoncé Mark en se penchant sur elle pour l'examiner.

Nous en avons pouffé de plus belle, au point que les larmes me sont montées au coin des paupières.

— Si tu le dis, a-t-elle maugréé en agitant une dernière fois ses cheveux parfaitement raides. Allons-y.

Nous avons attendu qu'ils aient bifurqué en direction du glacier pour nous rasseoir, agités par des rires à demi hystériques.

— Ômondieu ! a balbutié Becca entre deux soubresauts. Vous avez vu sa tronche ? « J'ai quelque chose dans les cheveux. »

— Génial, Crazytop ! m'a félicitée Jason en s'essuyant les yeux. Le meilleur de tous tes mauvais coups.

— Comme d'habitude, les enfants ?

C'était Kirsten, la serveuse, qui s'était approchée pour essuyer la table. Quand nous sommes servis par elle, Jason s'arrange en général pour lâcher sa serviette en papier par terre, histoire de pouvoir se mettre à genoux. Tout ça, parce qu'il éprouve les mêmes sentiments envers elle que moi à l'égard de Mark — elle est son idéal. Pourquoi pas, d'ailleurs ? Je ne suis pas en position de juger. Kirsten, qui est suédoise, travaille à *La Cafetière* et économise ses pourboires afin d'aller en fac. Ça ne l'empêche pas de réussir à payer pour l'entretien de ses mèches blondes, une des nombreuses raisons expliquant pourquoi Jason, nuit après nuit, allongé sur la Colline, a composé des haïkus en son honneur. Il suffit que Kirsten porte une chemise d'homme blanche aux pans noués sous ses côtes (et pas de soutien-gorge) pour qu'il devienne d'humeur particulièrement poétique.

Personnellement, je trouve Kirsten gentille et tout, mais je ne pense pas qu'elle mérite Jason. Bien sûr, je préférerais me pendre plutôt que de l'admettre devant lui. N'empêche, j'ai noté que la peau de ses coudes était extra-sèche. Elle devrait songer sérieusement à investir dans un lait corporel.

Ce soir-là cependant, pour une raison quelconque, Jason n'a pas paru remarquer sa déesse. Il était bien trop occupé à s'interroger sur le lundi matin à venir. Pas sur la part concernant la façon dont j'allais bouleverser la hiérarchie sociale du lycée de Bloomville à l'aide du Livre de sa grand-mère, puisque lui et Becca ignoraient que j'étais en sa possession. Non. Nous discutions de l'heure à laquelle partir de chez nous maintenant que Jason avait sa voiture. Un glorieux huit heures pour être là-bas dix minutes plus tard, et non l'horrible sept heures et demie auquel nous avaient jusqu'alors contraints les horaires du bus de ramassage scolaire.

— Vous imaginez leur tête quand nous allons débarquer ? a dit Becca au moment où Kirsten revenait avec notre commande. Sur le parking du lycée ?

— Surtout si nous écoutons Andy Gibb[1], ai-je souligné.

— Les Idoles peuvent aller se faire voir, a décrété Jason.

— C'est qui, les Idoles ? s'est enquise Kirsten.

Becca a versé un sachet d'aspartame dans son décaféiné. Elle connaît quelques soucis de surpoids car, lorsqu'elle vivait encore à la campagne, ses parents la trimbalaient partout en voiture, vu que leur ferme était

1. Le quatrième des frères Gibb, les fondateurs du groupe les *Bee Gees*, mort en 1988, à l'âge de trente ans.

située à des kilomètres de tout. Et maintenant qu'ils habitent en ville, ils continuent à jouer au taxi, parce qu'ils veulent frimer dans leur nouvelle Cadillac, celle qu'ils ont achetée avec l'argent de l'I-69.

— Ben, les gens populaires, a-t-elle expliqué à la serveuse.

— Vous n'êtes pas populaires, vous ? s'est récriée Kirsten, paumée.

Réflexion qui a déclenché un nouveau fou rire de notre part. Le sujet de notre impopularité n'est pas un problème à *La Cafetière*, dans la mesure où nous sommes les seuls lycéens de la ville à la fréquenter. Normal, c'est un endroit vaguement hippie, où sont organisées des soirées poétiques et où le thé se présente en vrac, et non en sachets. Par ailleurs, la plupart des ados du comté de Greene préfèrent s'enfiler des granités de chez le glacier plutôt que de siroter du café (même du café plein de lait et de sucre comme moi).

— Vous êtes tellement sympa, pourtant, a continué Kirsten, quand nos rires se sont apaisés. Je ne comprends pas. Les élèves les plus populaires de votre école ne sont pas les plus gentils ? Parce que chez moi, en Suède, c'est comme ça que ça se passe.

Je jure que j'ai failli en pleurer de rire. Jamais je n'avais entendu quelque chose d'aussi mignon. « Les élèves les plus populaires ne sont-ils pas les plus gentils ? » La Suède doit être le pays le plus chouette du monde. Parce que ici, dans le cruel Midwest, la popularité n'a rien à voir avec la gentillesse. Sauf si vous vous appelez Mark Finley, bien sûr.

— Vous vous moquez de moi ! a protesté Kirsten en souriant, dévoilant sa canine tordue (une canine au sujet de laquelle Jason a déployé toute son éloquence dans son dernier haïku). Vous êtes populaires, j'en suis sûre.

À cet instant, Jason a cessé de rigoler. Suffisamment en tout cas, pour lancer :

— Une minute, Kirsten… Ne me dis pas que tu n'as jamais entendu parler de Steph Landry ?

La serveuse m'a dévisagée en écarquillant ses grands yeux bruns.

— C'est toi, non ? a-t-elle murmuré. Serais-tu célèbre ou quelque chose comme ça, Steph ?

— Quelque chose comme ça, ai-je marmonné.

Ah bravo ! Kirsten était sans doute la seule personne du comté de Greene à ne rien savoir de mon misérable sort. Heureusement que Jason était là pour la rencarder !

Vous est-il possible de réparer une erreur qui serait à l'origine de votre impopularité ? OUI ! *Bien sûr que oui !*

Le premier pas vers la popularité, c'est d'admettre avec honnêteté que certains aspects de votre personne, de votre garde-robe, de votre « allure » mériteraient d'être un tout petit peu améliorés.

Personne n'est parfait, et la plupart d'entre nous sommes même affectés de particularités qui risquent d'amoindrir nos chances d'être appréciés par le plus grand nombre.

Ce n'est qu'en affrontant courageusement cette vérité que nous pouvons commencer à apprendre comment devenir populaire.

Dimanche 27 août,
0 h 15 Jour-J moins un

Je devrais le détester. Ce n'est pas le cas. Difficile de détester quelqu'un d'aussi beau, torse nu. Bon sang ! Comment est-ce que j'ose avoir des idées pareilles dans la tronche ? Et comment est-ce que j'ose faire ce que je suis en train de faire, alors que je m'étais juré d'arrêter ? Définitivement. Mais c'est sa faute, après tout… il n'a qu'à baisser ses stores.

Mon problème est le suivant : quelle conduite faut-il adopter lorsqu'on est incapable de résister à la tentation tout en étant pertinemment conscient que ladite tentation est malsaine ?

À ma décharge, je suis certaine que je pourrais m'arrêter si j'en avais envie. Sauf que… euh… je n'en ai pas envie, apparemment.

Oh, et puis zut ! En un sens, je me contente de mener des recherches. Sur les garçons. L'intérêt qui me pousse à mater Jason quand il est déshabillé est purement scientifique. Sinon, pourquoi utiliserais-je mes jumelles gagnées chez Bazooka Joe ? (Soixante emballages de chewing-gum Bazooka Joe et quatre dollars quatre-vingt-quinze pour les frais d'emballage et d'expédition ; en plus, elles fonctionnent. Enfin, presque.) Il faut bien que quelqu'un observe les mecs dans leur habitat naturel pour deviner ce qui les motive. Surtout lorsqu'ils sont nus.

Ça ne m'empêche pas de me sentir drôlement coupable. (À cause des jumelles.) Pas assez néanmoins pour renoncer à cette mauvaise habitude.

Et puis, au fond, j'estime qu'il le mérite — notamment ce soir, après qu'il a balancé à Kirsten l'histoire de la Méga-Tache-Rouge-de-Grenadine. Comme si cette information était vitale. Dire qu'il a eu le cran de nous proposer de grimper sur la Colline ensuite. S'il pensait que j'allais observer le ciel en compagnie du type qui venait de me vendre à la seule habitante de la ville ignorant encore ce que signifiait l'expression « Quelle Steph Landry ! » il se fourrait le doigt dans l'œil. De plus, je n'avais pas mon répulsif sur moi, et il était hors de question que je m'allonge dans l'herbe pour être dévorée vivante par les moustiques juste pour le bonheur de contempler quelques étoiles. Ce n'est pas pour rien que grand-père a fait construire l'observatoire.

Alors, ma culpabilité ? Pas si intense, finalement. En tout cas, pas assez pour aller à confesse.

D'autant que le père O'Dohan ira tout raconter à ma mère, c'est gagné d'avance. Après, ma mère déballera l'histoire à Kitty. Qui en parlera à son fils, le docteur Hollenbach, lequel informera Jason. Du moins, il lui conseillera de tirer ses rideaux. Résultat, je ne le verrai plus. À poil, s'entend.

Ce qui sera très agaçant.

Et puis, que celui qui n'a jamais maté me jette la première pierre. Les garçons reluquent les filles depuis des centaines, des milliers d'années. Depuis qu'il existe des fenêtres et des gens pour se changer devant — les distraits oubliant de préserver leur intimité, en tout cas —, d'autres gens en profitent pour les espionner. Il est grand temps que nous, les filles, prenions notre revanche. Telle est mon opinion.

Et, bien qu'il me coûte de l'avouer, Jason offre des tonnes d'occasions d'assouvir cette vengeance. J'ignore ce qu'il a boulotté pendant son séjour en Europe, mais il est revenu dans une forme éblouissante ! Il n'avait pas ces biceps avant son départ. Ces abdos non plus.

Ou alors je ne m'en étais jamais rendu compte.

Mais, avant les vacances, je ne le voyais pas nu de façon aussi régulière. Simplement, depuis qu'il a déménagé dans le grenier, qui se trouve avoir une fenêtre à travers laquelle j'ai, depuis notre salle de bains, une vue plongeante sur son repaire, j'ai découvert que j'étais aux premières loges. Du coup, ma famille a tendance à s'interroger sur les raisons qui me poussent à m'attarder aussi longtemps aux toilettes.

Comme mon jeune frère, Pete, qui vient de tambouriner à la porte.

— Qu'est-ce que tu fabriques là-dedans ! a-t-il braillé. Tu y es depuis une heure !

J'ai commis la grave erreur d'ouvrir.

— Qu'est-ce que tu veux ? ai-je rétorqué. Pourquoi n'es-tu pas couché ?

— Parce que j'ai envie de faire pipi, a-t-il répliqué avant de foncer droit devant et de sortir aussi sec son robinet. Non mais qu'est-ce que tu crois, hein ?

— Espèce de petit dégoûtant !

Je doute que Lauren Moffat connaisse l'épreuve d'avoir des frangins qui se soulagent juste sous son nez. D'ailleurs, Lauren a sûrement sa salle de bains perso. Elle n'a pas besoin de partager avec quatre — et bientôt cinq — moutards, elle.

— Je ne pouvais plus me retenir, a riposté Pete, visiblement indifférent au traumatisme psychique que sa nudité risquerait de me causer. Et d'abord, qu'est-ce que tu fichais dans le noir ? a-t-il ajouté en regardant autour de lui.

— Je n'étais pas dans le noir, ai-je répondu en dépit des évidences.

Car la lumière était effectivement éteinte, et je ne distinguais mon frère qu'à la lueur de la lune filtrant par la fenêtre.

— Mon œil ! a-t-il affirmé en tirant la chasse d'eau. T'es super bizarre, Steph, tu sais ?

— Retourne te coucher, crétin !

— Crétine toi-même !

Sur ce, il est reparti au lit. Sans avoir remarqué les jumelles, Dieu soit loué.

Je devrais être un peu plus compréhensive envers lui. Après tout, son existence est sûrement un enfer, puisque l'infâme Steph Landry est sa sœur aînée. Par ma faute, un sévère handicap pèse sur sa vie sociale. Tant qu'il sera à Bloomville, en tout cas. Cependant, jusqu'à présent, il a remarquablement bien enduré les moqueries, les affronts et les bousculades dans la cour de récréation.

La situation pourrait être pire. Il suffit de repenser à Justine Yeager, une fille du lycée (elle a déménagé l'an dernier). Un petit génie, des notes formidables, les meilleures de tout le bahut. En revanche, aucun talent pour les relations humaines. Elle était douée pour les études, pas pour les mondanités. Personne ne voulait manger en sa compagnie, même pas la clique des Gueux (en opposition à celle des Idoles), simplement parce qu'elle ne savait parler que de sa supériorité. Ce qui est largement pire que renverser accidentellement un verre de limonade à la grenadine sur la fille la plus populaire de l'école. Quand les choses vont mal, comme en ce moment par exemple (fin des vacances, je suis coincée à la maison au lieu d'être avec un petit copain à une fête ou au bord du lac, et j'espionne mon meilleur ami qui se déshabille pour la nuit), je songe que j'aurais pu naître dans la peau de Justine Yeager. C'est réconfortant. Un peu.

Et puis, je ne suis pas la seule à ne pas avoir été invitée à une bringue ou à pique-niquer au bord du lac. Jason est chez lui également.

Et il est vraiment, vraiment très craquant.

Bon, d'accord, c'est nul. NUL. Je jure de demander pardon à Dieu demain pendant la messe. Vu que le père O'Dohan n'est pas fiable, autant s'adresser directement à son supérieur. Éviter les intermédiaires. C'est ce que grand-père me conseille toujours.

Où réside le secret de la popularité ? Qu'est-ce qui rend certaines personnes si appréciables, et d'autres pas du tout ?

Les gens populaires :

1) ont toujours un sourire pour tout un chacun ;

2) s'intéressent vraiment à leurs semblables et à ce qu'ils ont à dire ;

3) gardent à l'esprit que s'entendre appeler par son prénom est la plus douce musique qui soit aux oreilles de quiconque. Voilà pourquoi ils n'hésitent jamais à répéter celui de leur interlocuteur ;

4) écoutent avec attention les autres, les encouragent à parler d'eux-mêmes ;

5) vous donnent le sentiment d'être importants, sans pour autant recourir à l'hypocrisie. Ils orientent toujours la conversation sur VOUS, jamais sur eux-mêmes !

Dimanche 27 août, midi Jour-J moins un

Après la messe, j'ai retrouvé grand-père à l'observatoire, tandis que les autres fidèles se réunissaient au presbytère pour boire du café et déguster des gâteaux. De toute façon, j'aurais été obligée de faire l'impasse sur ces derniers, car ils me sautent droit aux hanches. Une seule pâtisserie, et je suis bonne pour me taper le tour de ville à vélo pendant une heure, histoire d'éliminer les calories. Le jeu n'en vaut pas la chandelle. Sauf dans le cas des pains aux raisins bourrés de crème pâtissière, naturellement.

D'après grand-père, j'ai hérité ma tendance à l'embonpoint de sa première épouse, ma grand-mère. Je ne saurais confirmer ces dires, dans la mesure où elle est morte d'un cancer du poumon avant ma naissance. Alors qu'elle ne fumait même pas. Grand-père si, et sa femme l'a accusé de l'avoir rendu malade. Sans doute vrai, mais pas très sympa. En tout cas, grand-père s'est senti très coupable.

Pas assez cependant pour laisser tomber la cigarette.

Enfin, jusqu'à ce qu'il fréquente Kitty. Il a suffi à cette dernière de décréter que fumer était répugnant, et qu'elle n'envisageait pas de sortir avec un fumeur pour qu'il arrête. Rien de plus.

Si ça n'a pas pour autant racheté Kitty aux yeux de ma mère, ça démontre la puissance du Livre.

Je me suis faufilée dans l'observatoire après en avoir tapé le code secret. Grand-père me l'a confié, il s'agit de la date de naissance de Kitty, ce que je trouve très romantique. Pas autant néanmoins que d'avoir baptisé le bâtiment à son nom — Katherine T. Hollenbach — avant de l'offrir à la ville. Ma mère, elle, ne trouve pas ça romantique pour un sou. Elle estime que les dépenses « somptuaires » (*sic*) de grand-père depuis qu'il a touché l'argent de l'I-69 ne sont que de « l'ostentation » (re-*sic*), et elle l'accuse de jeter le fric par les fenêtres rien que pour l'embêter — à cause de lui, elle n'ose plus assister aux réunions du conseil municipal. Ouais. Sauf que le conseil municipal est sacrément ravi de l'observatoire, qui est équipé des dernières techniques de pointe, même si le bâtiment a été conçu pour se fondre dans l'architecture 1930 de la place du Palais-de-justice.

En réalité, les accusations de ma mère visent plutôt le nouvel appartement de grand-père dans la résidence de luxe située sur les rives du lac, ainsi que la Rolls-Royce beurre-frais à jantes spéciales qu'il s'est offerte et dont il attend encore la livraison.

— Salut ! ai-je crié.

— Salut ! m'a-t-il renvoyé de la rotonde où il traficotait je ne sais quoi.

Comme c'était un dimanche, les ouvriers n'étaient pas là. De toute façon, l'édifice est presque achevé. Il ne reste plus qu'à fixer quelques panneaux de placo çà et là.

— Comment va ? a-t-il demandé.

— Bien, ai-je répondu en le rejoignant. Tiens, j'ai quatre-vingt-sept dollars pour toi.

Je lui ai tendu les coupures que j'avais pêchées au fond de la poche de ma robe.

— Merci.

Il a soigneusement empilé les billets avant de les ranger dans son portefeuille. Il n'a pas pris la peine de vérifier la somme annoncée. Lui comme moi savons que je ne me trompe jamais dans mes comptes. Puis, sortant un calepin, il a rédigé un reçu et me l'a remis.

— Les taux d'intérêt baissent, m'a-t-il annoncé.

— J'ai vu ça sur l'Internet ce matin, ai-je confirmé en empochant le reçu.

Grand-père et moi avons toujours eu une passion commune pour... eh bien, pour l'argent. D'ailleurs, j'avais cessé d'éprouver des difficultés en maths le jour où, en Cinquième, il s'était assis à côté de moi et, examinant le problème de calcul qui avait déclenché mes larmes, il avait dit :

— Oublions le nombre de pommes qu'a Sue, et imaginons plutôt qu'elle est employée dans une librairie. Nous sommes samedi soir, et la seule façon de l'amener à travailler a été de lui promettre huit dollars cinquante de l'heure au lieu des sept dollars cinquante habituels, parce qu'elle aurait préféré aller manger une pizza et voir un film avec son petit ami. Tu ne veux pas que ta mère apprenne que tu as payé Sue en heures sup' dans la mesure où il ne s'agit pas d'heures sup'. Comment t'arranges-tu pour que cela n'apparaisse pas sur la feuille de paie de Sue ?

Ma réponse avait été immédiate. Pour huit heures de travail au taux horaire de huit dollars cinquante, Sue recevrait soixante-huit dollars. Soixante-huit divisé par sept et demi égale environ neuf. Il suffisait donc de prétendre que Sue avait bossé neuf heures au lieu de huit. Ensuite, il valait mieux dégoter une employée moins appréciée des garçons et confier à celle-ci le service du samedi soir, histoire d'éviter de devoir trafiquer les comptes une nouvelle fois.

— Très bien, m'avait félicitée grand-père.

Et ç'avait été la fin de mes ennuis avec les maths. Penser les nombres en termes de salaires et de taux horaire avait fini par éclaircir le brouillard algébrique et me l'avait rendu compréhensible. Maintenant, je suis la meilleure de ma classe, et j'ai remplacé grand-père à la comptabilité du magasin puisque, depuis que lui et maman se sont fâchés, il n'est plus le bienvenu là-bas.

— Rassure-moi, tu as fait de bonnes affaires ? m'a-t-il demandé.

Allusion à ce que j'avais acheté avec l'argent que je lui avais emprunté.

— Je te rappelle à qui tu parles, ai-je rétorqué en lui lançant un regard ulcéré.

— Je vérifiais, c'est tout, s'est-il défendu.

Il avait branché la clim' à fond, ce qui était une bonne chose, vu que la température extérieure devait frôler les mille degrés Celsius, avec une humidité aussi élevée que possible sans qu'il pleuve pour autant. Autrement dit, un jour d'août typique de l'Indiana.

— Tu as transféré ces fonds des comptes d'épargne sur le compte courant comme je te l'avais recommandé ? s'est-il enquis.

— Bien sûr.

— Parce que les factures tombent en début de mois.

— Je sais, grand-père. J'ai pris mes précautions.

Il a secoué la tête. Il est plutôt coquet pour un type de son âge, même s'il ne s'est jamais remis de ne pas avoir dépassé le mètre soixante-dix. Je l'ai plus d'une fois rassuré en lui signalant que Tom Cruise n'était pas plus grand, ce qui ne l'avait pas empêché de s'en sortir plutôt bien, financièrement parlant en tout cas. N'empêche, je soupçonne que j'ai hérité de lui mon manque de prestance.

Quand bien même, à soixante-neuf ans, grand-père est encore capable de faire un golf de dix-huit trous et de tenir jusqu'au journal télévisé de onze heures du soir. Il est particulièrement fier de sa chevelure fournie (et complètement blanche). Il a aussi une assez belle moustache. Blanche également. Quand j'étais enfant, elle était jaunâtre, à cause de la cigarette. Depuis qu'il fréquente Kitty, elle est comme neige.

— Comment Darren s'en sort-il ? m'a-t-il demandé.

Darren est l'étudiant de l'université de l'Indiana que nous avons embauché pour travailler à la boutique, le soir et le dimanche. Il adore bosser à la librairie, vu qu'il n'y a pratiquement pas de clients pendant ses heures de présence, ce qui lui laisse le loisir de faire ses devoirs.

— Super. L'autre jour, en rangeant l'étagère des produits gardés pour les clients, il a déniché un ours en peluche qui attendait qu'on paie sa facture depuis plus d'un an. Nous l'avons remis en vente.

Claquant de la langue, grand-père a recommencé à tripoter le télescope de cent cinquante-deux centimètres. Non qu'il s'y connaisse. Il se fiche de l'astronomie comme d'une guigne. Il a dû engager un tas de profs de l'université pour l'aider à dessiner les plans de son observatoire, et ce sont des étudiants de troisième cycle qui se chargeront de son fonctionnement, histoire de valider leur thèse. Si grand-père a décidé de construire un observatoire, c'est seulement parce qu'il connaît la passion de Jason pour les étoiles, et parce qu'il sait à quel point Kitty aime son petit-fils. L'un dans l'autre, le but était d'entrer dans les bonnes grâces de la femme dont il est épris.

Moi aussi, j'édifierais un observatoire pour Mark Finley. S'il s'intéressait aux étoiles, s'entend.

— Et ta mère ? Elle tient le coup ?

— Très bien. Plus qu'un mois avant l'accouchement.

— Comment vas-tu réussir à concilier la boutique et ta quête de popularité quand ta mère sera hors service avec le nouveau-né ?

— Fastoche.

Grand-père était le seul à qui j'avais parlé du Livre. Je le lui avais même montré. Bien obligée, si je voulais qu'il m'avance l'argent pour la phase numéro un de mon plan. En revanche, je ne lui avais pas dit où je l'avais trouvé, ne tenant pas à ce qu'il croie que Kitty s'en était servie pour le séduire.

— Qu'est-ce que tu en as à fiche de ce que la fille de Sharon Moffat pense de toi ? s'était-il borné à réagir. Cette gamine ne reconnaîtrait pas un bon du Trésor, même s'il lui mordait le popotin.

Je lui avais donc expliqué qu'il s'agissait d'une tâche que je me devais d'entreprendre, comme lui s'était senti obligé de construire son observatoire, même si personne en ville n'en avait cure. À l'exception de Jason peut-être, qui a tenté de monter un club d'astronomie à l'école alors qu'il avait huit ans, après avoir vu *Rencontres du troisième type*. En vain, échec qui lui est resté sur le cœur. Mais, pour citer grand-père, la plupart des gens étant trop bêtes pour savoir ce qu'ils veulent, inutile de s'embarrasser de leur opinion.

— Je continue à ne pas beaucoup aimer ça, a-t-il répété ce dimanche. Lécher le derrière d'une sale gosse qui n'a jamais rien fait d'autre que t'empoisonner la vie, a-t-il précisé.

Il en avait terminé avec les bricoles qu'il avait jugé vital de régler ce matin à l'observatoire, et il s'apprêtait à en sortir, moi sur ses talons.

— Pas question de lui lécher quoi que ce soit, grand-père, ai-je protesté. Aie confiance en moi. En plus, c'est moi la responsable, si l'on y réfléchit bien.

— Pardon ? s'est-il insurgé. Tu as trébuché ! Rien de plus. Parce qu'une gamine de dix ans a trébuché, elle est censée être tournée en ridicule jusqu'à la fin de ses jours ? N'importe quoi !

La chaleur extérieure, intolérable, nous a enveloppés, comme si nous avions plongé dans une assiette de soupe. J'ai accueilli sa déclaration avec un sourire indulgent. Il n'a aucune notion de ce qu'est l'adolescence. Il n'a quasiment pas assisté à cette phase de la vie de son enfant unique — ma mère — car il consacrait tout son temps à la ferme. M'observer traverser cette période atrocement douloureuse de mon existence est sa seule expérience de l'agressivité-des-adolescentes-et-de-la-souffrance-qui-peut-en-résulter.

— Voilà ta mère, a-t-il annoncé en montrant du menton les portes de l'église qu'on aperçoit depuis les marches de l'observatoire.

Une foule de fidèles avait beau sortir de Saint-Charles en cet instant, difficile de ne pas repérer ma famille, notamment à cause du ventre monstrueux de ma génitrice. Mais aussi à cause du charivari que mes frères et sœurs provoquaient, et qui devait s'entendre à des kilomètres à la ronde.

Grand-père a cessé de pratiquer après la mort de son épouse, d'après ce que m'a raconté ma mère. Une pierre d'achoppement de plus entre eux deux. Grand-père soutient qu'il peut louer Dieu au neuvième trou aussi bien qu'à la messe, sinon mieux, car il est plus près de la nature, et donc de Dieu, sur son terrain de golf que sur un banc d'église. J'avoue éprouver quelques craintes pour le salut de son âme, mais bon, si Dieu est pardon et tout le toutim comme aime à nous le répéter le père O'Dohan, grand-père devrait s'en tirer (et moi aussi, en dépit de mes activités d'hier soir). Par bonheur pour lui, Kitty n'est pas précisément une grenouille de bénitier. Ils comptent se marier civilement devant un juge du comté de Greene, au country club, dimanche en huit, et pas à l'église.

— Bon, je ferais mieux de me sauver, ai-je annoncé. Tu es nerveux ?

— Nerveux ? s'est récrié grand-père en m'adressant un regard de reproche. Pourquoi diable le serais-je ? J'épouse la plus jolie fille du coin !

— Je pensais plutôt à tous ces invités de dimanche prochain.

— Ils seront tous jaloux, a-t-il jubilé. Parce qu'elle m'épouse et pas eux.

Le plus beau, c'est qu'il en est convaincu. Il est persuadé que la terre tourne autour de Katherine T. Hollenbach. Pour moi, ça prouve qu'elle a suivi au pied de la lettre les recommandations du Livre. Ces deux-là — grand-père et Kitty — se connaissent depuis l'époque du lycée, dans les années 50. Sauf que Kitty ne savait même pas que grand-père existait, tant elle était ravissante et populaire, alors que lui était tout petit et timide. Elle ne l'a remarqué que l'an passé, lorsqu'ils ont tous les deux emménagé dans leur résidence du lac, lui après qu'il a eu touché l'argent de l'I-69, et elle car elle en avait assez de vivre en ville.

— Un quelconque signe de faiblesse ? a demandé grand-père avec un geste de la tête en direction de ma mère.

Cette dernière a décidé de boycotter le mariage de son père. Par principe, pas parce qu'elle n'apprécie pas Kitty, même si celle-ci n'est pas exactement sa personne préférée. Ma génitrice n'est d'ailleurs pas la seule à avoir signalé à grand-père que Kitty ne lui avait jamais adressé ne serait-ce qu'un coup d'œil avant sa récente aubaine financière. Il s'en moque comme de l'an quarante. Et puis, ma mère ne lui a toujours pas pardonné l'affaire de l'hypermarché.

Heureusement, elle ne s'est pas opposée à ce que nous y assistions... ce qui tombe plutôt bien, car je suis la demoiselle d'honneur de Kitty. Pete est garçon d'honneur de grand-père (avec Jason), Catie portera les fleurs et Robbie les alliances. Sara a été jugée trop petite pour qu'on lui attribue un rôle.

J'aime beaucoup Kitty. Comme tout le monde l'aime (sauf ma mère). Il y a plus, cependant : elle a en effet su garder mon secret le plus honteux — il l'est moins aujourd'hui, depuis que j'ai compris qu'il ne constituait qu'une étape normale dans le fait de grandir. Mais à l'époque, ça a été le pire accident qui me soit arrivé. J'avais été invitée à passer la nuit chez Jason. C'était bien avant que nous entrions à l'école, quand il était encore convenable que les filles et les garçons dorment dans la même chambre. Ses parents étaient sortis, et sa grand-mère veillait sur nous.

S'il y a une chose que j'ai toujours admirée chez les Hollenbach, c'est qu'ils ont su s'arrêter après avoir mis un rejeton au monde, contrairement à mes parents qui ne cessent d'en pondre à l'envi. Du coup, les Hollenbach peuvent s'offrir des vacances romantiques à Paris, en couple, ou installer une piscine dans leur jardin. Évidemment, quand je me plains à ma mère, elle me rétorque un truc du style : « Et lequel de nos enfants aurions-nous dû ne pas engendrer, d'après toi ? », ce qui est méchant, dans la mesure où il va de soi que j'aime mes frères et sœurs.

Quoique... à la réflexion, Pete n'existerait pas qu'il ne me manquerait pas trop.

Bref, c'était la première nuit que je passais chez Jason, et j'étais sans doute un peu excitée. Ou alors, j'avais bu trop du Coca dont nous avait régalés Kitty ; j'en avais consommé de grandes quantités, car nous n'étions pas autorisés à en boire à la maison, sauf pour les occasions très spéciales, comme Thanksgiving[1] et Pâques. Quoi qu'il en ait été, je m'étais oubliée dans

---

1. Journée d'action de grâces, chaque quatrième jeudi de novembre. En 1621, un an après leur arrivée au Massachusetts, les premiers colons (des puritains ayant fui l'Angleterre pour pratiquer librement leur religion) organisèrent une fête destinée à marquer une année de sacrifices récompensée par des récoltes abondantes. Aujourd'hui symbole de liberté et de prospérité. On y sert toujours les plats traditionnels (dinde, sauce aux airelles et tarte au potiron). Pour les Américains, fête la plus importante avec le 4-Juillet (Indépendance).

ma culotte (j'étais de ces enfants qui insistent pour dormir en sous-vêtements ET en pyjama) au beau milieu de la nuit (du moins, c'est ce que j'avais cru, alors qu'il ne devait pas être bien plus tard que minuit).

Je me souviens d'avoir été réveillée par une sensation de froid au niveau de mon entrejambe et de m'être demandé ce que j'allais faire. Jason dormait du sommeil du juste, mais n'aurait-ce pas été le cas, je ne lui aurais pas confié ce qui m'arrivait. Sinon, j'étais sûre d'en entendre parler jusqu'à la fin de mes jours. « Elle a mouillé son lit comme un bébé ! » se serait-il écrié. Enfin, connaissant Jason, il n'aurait sûrement pas dit « mouillé son lit ». N'empêche, dans mon cerveau fiévreux de fillette de quatre ans, j'étais convaincue qu'il ne voudrait plus être mon ami s'il savait que je me compissais la nuit. Et puis, le truc serait ressorti chaque fois que je l'aurais battu dans un jeu. « D'accord, t'es meilleure que moi aux petits chevaux, mais moi je ne fais pas pipi au lit. »

Ma culotte avait fini par être tellement glacée que je n'avais pas réussi à tenir plus longtemps. M'extirpant de mon duvet, j'avais gagné la chambre où dormait la grand-mère de Jason. Elle s'était aussitôt réveillée, même si elle était un peu dans le brouillard.

— Stéphanie ! avait-elle chuchoté en m'identifiant. Il n'est pas encore l'heure de se lever. Chez nous, nous arrêtons de dormir quand la grande aiguille est sur le douze et la petite sur le huit. Ou le neuf.

Je lui avais alors expliqué les raisons de ma présence.

Kitty avait été SUPER. Elle m'avait retiré ma culotte et l'avait jetée dans la machine à laver sans réveiller Jason. Puis elle avait tenté de m'amener à me recoucher, mais je m'étais mise à pleurer parce que je n'avais plus de culotte (ça va, je sais). Alors, elle avait trouvé un caleçon appartenant à Jason, m'avait assuré que les sous-vêtements pour garçons et pour filles étaient exactement pareils et que je pouvais l'enfiler sous mon pyjama, lequel, par miracle, avait échappé au désastre. Jason n'en saurait jamais rien.

Malgré mon scepticisme — les slips de garçon n'avaient rien à voir avec mes culottes, ils avaient une braguette ; sans compter que celui de Jason était décoré d'un Batman —, j'avais admis que c'était mieux que rien. J'étais donc retournée me coucher en portant un caleçon de Jason et avec la promesse que, au matin, je récupérerai ma culotte, propre et sèche.

Une fois allongée, j'avais songé que j'étais habillée d'une culotte de Grand Garçon. Car c'est ainsi qu'il les appelait, à l'époque où nous avions cessé d'avoir des couches. Lui avait des culottes de Grand Garçon et moi des culottes de Grande Fille. À la réflexion, j'avais trouvé tout ça plutôt chouette. Comme quoi, enfant, j'étais déjà à moitié timbrée.

Le lendemain, pendant que Jason était aux toilettes, Kitty m'avait rendu ma culotte en douce, et je l'avais échangée contre le slip Batman, ce qui m'avait quelque peu attristée. En tout cas, Kitty n'avait jamais dit un seul mot de ma mésaventure, ni à Jason, ni à ses parents, ni aux miens, à personne. J'ignore si elle se rappelle m'avoir sauvé la vie, mais moi, je ne l'oublierai jamais.

Et je suis très heureuse qu'elle devienne ma grand-mère, car j'estime qu'elle est une des mémés les plus chouettes qu'une fille puisse souhaiter.

Dommage que ma mère ne soit pas d'accord. C'est peut-être parce que Kitty ne l'a jamais tirée, elle, d'une situation aussi gênante qu'une culotte mouillée.

— Non, ai-je répondu à la question de grand-père concernant ma mère. Ne t'inquiète pas. Elle viendra quand même.

Ce dont je doute. Je le dis juste quand il est triste, comme à ce moment-là. Ma mère est quelqu'un de très déterminé. Une fois, je l'ai vue littéralement jeter dehors un type qu'elle soupçonnait de voler dans le magasin. Simplement parce qu'il s'était attardé un peu trop longtemps devant le présentoir des boucles d'oreilles. Il était beaucoup plus grand qu'elle, ça ne l'a pas arrêtée — son centre de gravité est plus bas que celui des autres (plus crûment, elle est grosse), sans doute parce qu'elle a eu tellement de gosses.

— J'espère que tu as raison, Stéphanie, a soupiré grand-père en plissant ses yeux bleus pour contempler sa fille sur le parking de l'église. Elle me manque, en tout cas.

— Je te tiendrai au courant, l'ai-je rassuré en lui tapotant le bras. Et attends-toi aussi à un nouveau remboursement de mon prêt la semaine prochaine.

— Je garderai un œil sur les taux d'intérêt, a-t-il promis.

Sur ce, je l'ai embrassé puis je me suis carapatée dans Creek Park pour rejoindre ma famille près du minibus. Comme d'habitude, ils ne s'étaient même pas rendu compte que je m'étais éclipsée.

Ce qui est bien le seul avantage d'avoir quatre (bientôt cinq) frères et sœurs.

Qu'est-ce qui caractérise les personnes populaires ?

Les gens populaires :

1) évitent « le toc », ils sont authentiques, honnêtes envers eux-mêmes ;

2) adoptent une cohérence totale entre leurs croyances et leurs actes ; ils sont égaux à eux-mêmes, en public comme en privé ;

3) se consacrent à ce qu'ils ont envie de faire dans la vie ; ils se donnent des buts, ont des hobbies, trouvent un sens à leur vie ;

4) sont directs et droits, tout en prenant toujours soin de ne pas heurter les autres ;

5) ne sont jamais « bidon » ni artificiels.

Honnêtement, pourriez-vous dire la même chose de vous ?

Dimanche 27 août, 15 heures Jour-J moins un

Jason est passé à la maison au moment où je sortais ce dont j'allais avoir besoin pour la semaine à venir.

— Qu'est-ce que tu fiches ? a-t-il demandé.

— À ton avis ?

— Je ne sais pas. Tu tries tes vêtements ?

— Ben tu vois, finalement, ils ont eu raison de te laisser passer en Première.

— Très drôle. Ce sont de nouvelles fringues ?

— Oui.

— Tu les as achetées avec quel argent ?

Je l'ai regardé, interloquée. Jason est un panier percé, c'est un fait avéré. Il n'a réussi à économiser pour sa voiture que parce qu'il m'a confié ses fonds, que je lui ai retournés six mois plus tard, augmentés d'un bénéfice rondelet. Je n'ai pas jugé nécessaire de lui expliquer que, dans le cas présent, j'avais tapé grand-père. Uniquement parce que mes liquidités étaient immobilisées dans des fonds communs de placement, d'ailleurs. Mais Jason a eu l'air de prendre la mesure de la bêtise de sa question, car il s'est repris.

— Euh… d'accord. Explique-moi quand même depuis quand tu t'intéresses à la mode.

— La nuit des temps, ai-je répondu, vexée qu'il ne l'ait pas remarqué. Mon apparence a toujours compté.

— On ne dirait pas, à en juger par tes tifs.

— Pour ton information, je te signale que ma coiffure est super branchée sur les podiums à Paris.

Sa version défrisée en tout cas. Même s'il était hors de question que je m'inflige le pensum d'un brushing les jours où je n'irais pas au lycée.

— À Paris au Texas, peut-être, pas à Paris en France, a répliqué l'insolent en se vautrant par terre.

Bien obligé, c'était le seul endroit de ma chambre qui ne soit pas jonché de tenues diverses et variées que j'harmonisais — le Livre conseillait vivement de choisir ses habits, sous-vêtements compris, longtemps avant l'événement pour lequel on comptait les porter, afin d'éviter une crise existentielle de dernière minute.

— Bêta ! (Le beau merle chantera une autre chanson, demain, quand il me découvrira proprement arrangée. Mark aussi, ce qui est plus important.) Tu n'as rien de mieux à faire que traîner dans mes pattes ?

— Si, je pensais emmener la Béhème au lac. Ça te dit ?

Aussi tentante que soit la perspective de mater Jason torse nu — sans avoir à recourir aux jumelles de

Bazooka Joe qui plus est —, j'ai été contrainte de décliner l'invitation, car mon après-midi promettait d'être chargé si je voulais répertorier tous mes habits.

— Allez, viens, a-t-il insisté. Depuis quand es-tu aussi *fille* ?

— Surveille tes paroles ! ai-je protesté, furieuse.

Roulant sur le dos, il a observé les étoiles fluorescentes que nous avons collées au plafond à neuf ans.

— Tu me comprends. Avant, tu te fichais de tes fripes, de tes tifs et de la taille de ton derrière.

— Malheureusement, tout le monde n'a pas la chance de bâfrer comme un porc sans prendre un gramme. Tout le monde n'a pas BESOIN de grossir, contrairement à certains mecs de ma connaissance.

— C'est pour Finley ? a-t-il demandé en s'appuyant sur son coude.

Je me suis sentie rougir. Pas parce qu'il avait mentionné Mark, mais parce que, dans cette position, j'apercevais les poils de ses aisselles qui s'échappaient de sous les manches de son T-shirt, ce qui m'a rappelé les poils que j'avais vus sur d'autres parties de son corps. À travers la vitre. Grâce à mes jumelles.

— Non, ai-je protesté (avec un peu trop de vigueur à mon goût). Autrement, je te supplierais à genoux de m'emmener là-bas, puisque lui et les Idoles seront sûrement là-bas aujourd'hui. Ce qui m'amène à m'interroger sur les raisons qui te poussent à t'y rendre, d'ailleurs. Je croyais que tu abhorrais cette clique ?

Mécontent, il a baissé les yeux sur ma moquette bleue à poils longs. Oui, j'ai de la moquette bleue à poils longs dans ma chambre. Mes parents rénovent lentement la maison, mais tant que mon père n'aura pas vendu l'un des polars qu'il passe son temps à écrire, entre deux fournées de pain aux céréales maison, je ne suis pas près d'être débarrassée de cette horreur.

— Je veux juste faire découvrir la route à la Béhème, s'est-il défendu. Elle ne la connaît pas encore. Enfin, conduite par moi, en tout cas. Et puis, il y a cette série de virages, tu sais. J'ai envie de la tester dedans.

— Je rêve ! Et c'est toi qui m'accuses d'être trop fille ! Tu es tellement *garçon* !

— Puisque c'est comme ça, j'irai tout seul, a-t-il déclaré en se levant.

— Tu n'as qu'à proposer la balade à Becca. Elle est sûrement chez elle à coller des machins.

Depuis qu'elle a quitté la cambrousse, Becca découvre ce qu'est avoir du temps libre. Ne sachant à quoi le consacrer, elle passe ses journées à des travaux manuels, comme fabriquer des jupes à partir de taies d'oreiller ou remplir des albums avec des photos de chatons adorables qu'elle découpe dans le supplément du dimanche du magazine *Parade*[1]. Si elle n'était pas une amie, cela suffirait pour que je la déteste.

— Elle est malade en voiture, tu as oublié ?

— Pas si elle est assise à l'avant.

1. Petit magazine inséré dans certains journaux dominicaux où, aux sujets simples mélangeant vie quotidienne, conseils pratiques, recettes de cuisine, etc., la particularité, c'est que le supplément publie chaque semaine des photos prises par ses lecteurs sur tout et rien (nature, enfants, vacances, etc.).

— Becca…, a commencé Jason, planté sur le seuil de ma chambre, l'air… bizarre. Becca, a-t-il repris, se comporte de façon étrange à mon égard, ces derniers temps. Tu n'as pas remarqué ?

— Non.

Car je n'ai effectivement rien noté de particulier. Et puis, si quelqu'un devait être gêné devant lui, ce serait moi. Qui l'ai vu sans caleçon. Et je me permets de signaler que le spectacle est des plus impressionnants. Même si je n'ai pas beaucoup de points de comparaison. Hormis mes frères.

— Eh bien, crois-moi, c'est vrai. Elle n'arrête pas de m'embêter pour que je lui donne un nom de criminel, elle nous a sorti cette tirade sur l'âme sœur, et j'en passe.

— Voyons, Jason, elle suit juste le mouvement. Histoire d'être un membre à part entière du clan. La ville, c'est dur, pour elle. Elle n'avait que des vaches pour compagnie, avant. Sois plus tolérant. Tu ne pourrais vraiment pas lui trouver un surnom de méchant ?

— Non, a-t-il rétorqué sèchement. On grimpe sur la Colline, ce soir ?

— Des clous ! La dernière fois, j'ai été obligée de me badigeonner d'essence pour me débarrasser de toutes les tiques qui s'étaient faufilées dans ma culotte.

— Ben à l'observatoire, alors ?

— Pourquoi ? Les Perséides sont finies, et les Orionides ne commencent pas avant octobre.

— Il n'y a pas que des étoiles filantes, dans le ciel, tu sais, Steph. Antarès, Arcturus.

J'ai vraiment eu envie de lui balancer un truc comme : « Tu vois, Jason, voilà pourquoi tu es seul. Tu pourrais être populaire, tu n'es pas trop moche et, je suis bien placée pour le savoir, tu as un corps de rêve. Tu as le sens de l'humour, tu es fils unique et, par conséquent, tes parents ont les moyens de t'offrir les vêtements qui s'imposent. Tu es bon au lycée, ce qui n'est pas nécessaire pour être une Idole, mais tu joues au golf, ce qui l'est, car c'est un sport de plus en plus répandu chez les ados. Malheureusement, il faut que tu gâches tout en parlant d'étoiles et de Courtoisie Béhème. Qu'est-ce que tu as dans le crâne ? »

Je me suis retenue. Ça aurait été trop méchant.

— Il y a école, demain, me suis-je bornée à répondre. Je ne monterai pas à l'observatoire.

— Qui ne va pas à l'observatoire ? a demandé mon père en passant la tête par-dessus l'épaule de Jason.

— Oh, bonjour, monsieur Landry ! a lancé ce dernier en se retournant. Steph et moi taillions juste une petite bavette.

— Je vois, je vois, a répliqué mon père de sa voix trop joviale, genre Il-y-a-un-garçon-dans-la-chambre-de-ma-fille. Alors, cette nouvelle voiture ?

— Super ! Ce matin, j'ai nettoyé les cadrans du tableau de bord, et maintenant, ils brillent comme un sou neuf.

— Bien joué, fiston !

Sur ce, ils se sont lancés dans une conversation ahurissante sur les ceintures de sécurité électriques. J'hallucine ! Les mecs sont parfois d'une nullité crasse !

Observez, parmi vos relations, ceux qui sont plus populaires que les autres.

Étudiez-les.

Repérez les endroits qu'ils fréquentent.

Examinez attentivement leurs actes et leur comportement.

Analysez leurs vêtements.

Écoutez ce dont ils parlent.

Ces personnes sont vos modèles. Sans pour autant les « copier » (qui aime les imitateurs ?), tâchez de leur ressembler plus.

Dimanche 27 août,
21 heures Jour-J moins un

Voilà. Ça y est. Tout est prêt. J'ai :

1) des jeans en stretch noir (ni trop moulants ni trop larges).
2) Des pantalons de velours dans différents coloris.
3) Des pulls et gilets simples et passe-partout dans une gamme de couleurs flatteuses.
4) Des survêtements à capuche, mais pas de pantalons de jogging, car leur cordon de fermeture attire l'attention sur le ventre.
5) Des vestes en velours et en jean, pincées à la taille pour accentuer ma silhouette de sablier.
6) Des jupes droites qui tombent au genou, en velours et en jean (plus une en toile), et des minijupes (mais pas trop minis, je laisse ça à Darlene Staggs).
7) De multiples hauts (aucun ne dévoilant le nombril — une fille doit savoir préserver quelques secrets pour

la piscine ou une occasion spéciale), parmi lesquels un décolleté arrondi, des T-shirts froncés, des chemisiers agrémentés d'un soupçon de fronces à l'encolure ou aux manches, histoire de maximiser ma féminité.
8) Des chaussures à bout rond genre ballerines ; des bottines à talon pour élancer la silhouette ; des tennis fines.
9) Une veste cintrée doublée destinée aux éventuelles sorties et un manteau avec un mignon col de (fausse) fourrure réservé aux soirées plus formelles ; différents châles en cachemire assortis et des gants pour l'hiver.
10) Des robes (ni trop échancrées ni trop courtes) roses et noires pour les bals.

Naturellement, j'avais été obligée de bricoler les conseils du Livre, lequel date un peu. Je ne pensais pas qu'une gaine ou le truc qui s'appelait « des cotillons » allaient le faire dans les couloirs du lycée de Bloomville. Ni que me balader le soir en gants blancs (même à boutons) allait me gagner les faveurs de Lauren et de sa clique. Bref, j'avais dû pas mal improviser dans le domaine des vêtements.

Mais à l'aide de quelques magazines de mode pour ados présentant leurs « trucs pour la rentrée », je m'étais plutôt bien débrouillée, me semblait-il. Je n'avais plus qu'à remercier Dieu d'avoir inventé TJ Maxx[1]. Et les parents de Becca qui, un week-end de juillet, nous avaient emmenées dans les boutiques de dégriffés au

1. Grande chaîne de boutiques proposant vêtements et accessoires griffés à prix cassés, genre déstockage des modèles de la saison précédente.

sud de Chicago. Sinon, je ne vois pas comment j'aurais réussi à trouver un sweat-shirt Benetton pour seulement quinze dollars. Quoi qu'il en soit, je me sens parée. Demain matin, et tous les matins de mon existence à venir, suivant les instructions du Livre, je :

1) me doucherai — shampoing et après-shampoing, exfoliant, rasage des jambes *et* des aisselles puis crème hydratante ;
2) mettrai des tonnes de déodorant (une sorte transparente et qui sèche rapidement, histoire de ne pas laisser de vilaines taches sur mes corsages) ;
3) me laverai les dents ET utiliserai du fil dentaire (plus un blanchisseur à appliquer une demi-heure tous les soirs avant le coucher) ;
4) me sécherai les cheveux et les lisserai après y avoir mis de la mousse coiffante, du gel, etc.
5) j'enfilerai des sous-vêtements propres, y compris un soutien-gorge à la bonne taille (grâce soit rendue à la vendeuse qui, contrairement à ma mère, a su prendre mes mesures exactes) qui donnera l'impression que mes seins font une taille de plus que ce que laissaient voir les (mauvais) soutifs que je portais jusqu'à présent ;
6) cirerai et brosserai mes chaussures afin d'en éliminer toute éraflure ;
7) vérifierai que mes ongles sont propres, limés et vernis (transparent), chassant impitoyablement toute écaille, repoussant les cuticules (penser à un rendez-vous hebdomadaire chez la manucure du centre commercial) ;
8) me maquillerai à la perfection — fond de teint léger juste sur les pans de peau à problèmes et soigneusement

appliqué pour être indétectable ; écran total ou protection 15 minimum ; dissimulation des éventuelles poussées d'acné (à surveiller de près au moyen du produit prescrit par le père de Jason et au respect d'une routine stricte : lavage, utilisation d'un astringent et application d'un antiseptique tous les soirs avant le coucher) et des cernes ; rouge ou brillant à lèvres longue durée, teinte mauve subtile uniquement ; eyeliner (léger, coloris doux genre gris ou lavande) ; mascara noir waterproof ;
9) veillerai à la propreté et au repassage impeccable de mes vêtements, coordonnés et ne montrant rien de ce qui doit rester caché. LES PRÉPARER LA VEILLE AU SOIR !!!
10) m'accessoiriserai — boucles d'oreilles (petits clous ou anneaux seulement) ; pas plus d'un collier ; montre à un poignet, bracelets (si existants) à l'autre ; pas de piercings, ni bracelets de cheville, ni de chaînes autour du ventre, ni de tatouages (pas de danger !) ; sac à dos (taille : de petite à moyenne, neuf, pas de rayures, noir ou marron) ou à bandoulière (mêmes exigences), plus sac à main minuscule, griffé *uniquement*.

Ouf ! Un sacré boulot pour quelqu'un qui, comme moi, n'est pas du matin.

Cependant, en m'y prenant dès sept heures moins le quart et en emportant une barre protéinée en guise de petit déjeuner, je devrais réussir à retrouver Jason, Becca et la Béhème à huit heures, histoire d'être au lycée dix minutes plus tard, à la première sonnerie. Je n'aurai qu'à acheter un Coca sans sucre au distributeur du gymnase pour avoir ma dose de caféine.

Ma mère vient juste de débarquer dans ma chambre et s'est laissée tomber sur le lit, à mon côté.

— Ça va, chérie ? a-t-elle demandé. Tu es prête pour demain ? C'est un grand jour... déjà en Première. Je n'en reviens pas, mon bébé !

— Tout roule, m'man. Ne t'inquiète pas pour moi.

— Tu es la seule pour qui je ne m'inquiète pas, a-t-elle affirmé en tapotant ma jambe. Je sais que tu as la tête sur les épaules.

Soudain, elle a remarqué la tenue suspendue à la porte de mon armoire.

— C'est tout neuf, a-t-elle fini par commenter, après une ou deux minutes de silence.

Son ton ne laissait pas entendre qu'elle approuvait particulièrement. Pour ça, ma mère est drôle. J'ai déjà tenté de lui expliquer que les jeans Wrangler n'étaient pas la même chose que les Calvin Klein. Je me suis aussi efforcée de lui faire comprendre que me contenter d'ignorer Lauren (sa rengaine) quand elle se lance dans ses allusions aux impairs à la Steph Landry ne fonctionne pas. Pourtant, elle n'a pas pigé. Mon père non plus, d'ailleurs. Sûrement parce qu'elle ne s'est jamais préoccupée d'être populaire au lycée. Elle consacrait tout son temps à bouquiner, rien d'autre. Ouvrir une librairie a toujours été son rêve, comme celui de mon père était de devenir un écrivain de romans policiers (un rêve qui, lui, ne s'est toujours pas réalisé). J'ai essayé d'expliquer à ma mère qu'être populaire n'était pas un but en soi, que je souhaitais juste avoir, une fois dans ma vie, *l'occasion* d'être un peu appréciée par les autres, occasion dont, depuis ce jour funeste en Sixième, Lauren s'est arrangée pour me priver. Malheureusement, elle ne saisit pas en quoi il est important que des gens comme Lauren Moffat, qu'elle juge intellectuellement bien en dessous de moi, m'aiment. Voilà pourquoi il m'est impossible de lui parler du Livre. Ça lui passerait complètement au-dessus de la tête.

— J'imagine que tu as emprunté l'argent à grand-père, a-t-elle marmonné en continuant à toiser mes fringues.

— Euh… oui, ai-je admis, un peu étonnée.

— Je sais que tu ne dépenserais jamais tes économies pour acheter des vêtements, a-t-elle expliqué en constatant ma surprise. Ce serait irresponsable, d'un point de vue financier.

Je me suis sentie mal, du coup. Ma mère est tellement en colère après son père.

— J'espère que tu ne m'en veux pas, ai-je murmuré. Que je lui parle encore.

— Oh, chérie ! a-t-elle protesté en riant tout en se penchant pour écarter la grande mèche qui cache mes yeux (style dont Christoffe, le principal styliste de *Boucles et Teintures*, m'assure qu'il est le dernier cri. « Tu dégages tant de fraîcheur, m'a-t-il affirmé la dernière fois que je suis allée le voir. Tant d'insouciance ! Les autres filles de ton lycée, avec leur raie au milieu… pouah ! Toi, tu as une allure qui hurle : « Je suis sophistiquée. ») Vous vous ressemblez tellement, toi et grand-père. Ce serait criminel que de vous séparer.

J'aime ce genre de réflexion. Même si ma mère est furax après grand-père, je suis heureuse qu'elle me trouve comme lui. Je veux être comme lui. (Sauf la moustache.)

— Que vous ne vous réconciliez pas m'échappe, ai-je répondu. J'admets que tu lui reproches l'hypermarché, mais ce n'est pas comme s'il gardait tout cet argent pour lui. Il a donné l'observatoire à la ville.

— Ce geste n'était pas pour Bloomville, a-t-elle riposté, ce geste était pour *elle*.

Ouille ! Il faut croire qu'elle n'aime vraiment pas Kitty. Ou bien, elle ne goûte guère qu'il ait arrêté de fumer pour Kitty, alors qu'il ne s'est pas donné cette peine pour sa première femme — laquelle était en train de mourir d'un cancer. Quoique... mon père m'a confié un jour dans le dos de ma mère que ma grand-mère était une espèce de mégère, ce qui explique pourquoi sa fille passait tant de temps le nez dans les livres, enfant. Une façon d'échapper aux critiques et aux remontrances permanentes de sa maternelle. En même temps, ce n'est pas parce que votre génitrice est une virago que vous avez envie d'entendre votre père qualifier une autre femme de « fille de ses rêves », ainsi que grand-père qualifie souvent Kitty.

— Ce dont cette ville a besoin, a-t-elle enchaîné, c'est d'un centre de loisirs pour vous, les enfants. Histoire que vous fassiez autre chose le samedi soir qu'arpenter la Grande-Rue, rester assis sur ce mur ou vous vautrer sur la Colline, avec tous ces aoûtats, puces et moustiques. Si grand-père avait vraiment voulu jouer les philanthropes, c'est ça qu'il aurait financé, pas un planétarium.

— Observatoire, l'ai-je corrigée. Je comprends ton point de vue. N'empêche, toi et p'pa allez vraiment refuser d'assister au mariage ?

Ces noces promettent d'être l'événement de l'année. La moitié de la ville a été invitée, et grand-père m'a déjà avoué que ça allait lui coûter la bagatelle de cinquante mille dollars. Il ne s'en plaint pas. Pour lui, ça les vaut largement... puisqu'il épouse la fille de ses rêves. Quand l'expression lui vient aux oreilles, ma mère pince les lèvres. Une fois, je l'ai surprise en train de gémir auprès de mon père : « Kitty Hollenbach ne lui aurait jamais donné l'heure. Maintenant qu'il est millionnaire, elle lui est tombée dessus comme la pauvreté sur le monde. » Ce qui n'est pas une chose très gentille à dire au sujet de Kitty, laquelle est une dame très classe qui commande des Manhattan[1] quand grand-père nous emmène au restaurant du country club, elle, Jason et moi. D'après ce que j'ai cru comprendre, grand-mère estimait que boire de l'alcool était un péché mortel, ce qu'elle ne se lassait pas de seriner à grand-père qui n'est pas franchement ce qu'on appellerait un adepte du régime sec.

1. Cocktail à base de bourbon, de vermouth et d'angustura sur quatre glaçons.

— On verra, a répondu ma mère à ma question concernant sa participation au mariage.

Malheureusement, je sais ce que « on verra » signifie dans ma famille : « Cours toujours ! » Certes, il est logique que ma mère en veuille autant à son père. Les grandes surfaces, qui vendent les mêmes produits moins cher et en un seul endroit, ce qui est bien pratique, nuisent réellement aux petits magasins indépendants. D'un autre côté, l'hypermarché géant va avoir besoin d'un libraire pour s'occuper de son rayon livres. Qui serait mieux placé que ma mère pour ce poste ? Sauf qu'elle a déjà stipulé qu'elle préférerait manger son bébé à naître plutôt qu'enfiler l'uniforme rouge de l'enseigne.

— Allez, bonne nuit, chérie, conclut-elle en se levant avec difficulté de mon lit pour gagner la porte d'une démarche de canard. À demain.

— À demain.

Je n'ai pas dit ce que j'avais sur le cœur. À savoir que, si elle demandait à grand-père l'argent pour agrandir son magasin en rachetant la confiserie voisine, qui a fermé, nous pourrions adjoindre un café à la librairie, le seul moyen pour nous de dégommer l'hypermarché. Grand père accepterait sans hésiter et, dès lors, elle n'aurait plus à s'inquiéter de devoir porter cet uniforme rouge.

Je me suis tue, parce que je devinais que si elle acceptait ce don, elle se sentirait obligée d'être sympa avec Kitty. Une idée qui lui était insupportable.

Stop ! Vos cheveux et votre garde-robe sont sûrement parfaits, mais votre transformation ne sera pas complète sans un détail supplémentaire.

À savoir : la seule chose que vous pouvez porter en toute saison, qui ne se démodera jamais et qui vous donnera grande allure, c'est votre CONFIANCE *en vous.*

L'assurance est un accessoire que personne ne peut se permettre d'oublier à la maison. Les gens sont naturellement attirés par les meneurs, autrement dit, ceux qui sont toujours sûrs d'eux.

Lundi 28 août,
9 heures Jour-J

— Salut, Crazyt… Bon sang ! Qu'est-ce qui t'est arrivé ?

Tels ont été les premiers mots de Jason quand j'ai grimpé à l'arrière de la Béhème, ce matin.

— Rien du tout, ai-je répondu, angélique, en refermant la portière. (Les braillements des *Rolling Stones* m'ont assaillie — aux oubliettes, la compilation 1977 !) Pourquoi ? Quelque chose ne va pas ?

— Non mais tu as vu tes tifs ? s'est exclamé Jason.

Il s'est même retourné vers moi, le rétroviseur ne lui suffisant pas, apparemment.

— Quoi, mes tifs ? Je les ai lissés, me suis-je justifiée en tirant sur ma mèche, afin de m'assurer qu'elle cachait un de mes yeux, le summum du sexy d'après Christoffe.

— Moi, je trouve ça joli, a protesté Becca, à l'avant de la voiture.

— Merci, Becca.

Toujours tordu sur son siège, Jason m'a reluquée de la tête aux pieds, tandis que Mick Jagger se lamentait sur son triste sort dénué de toute satisfaction.

— Et qu'est-ce que c'est que ces chaussettes ? s'est exclamé notre chauffeur.

— Des mi-cuisses, ai-je expliqué patiemment.

En réalité, j'espérais ne pas avoir commis d'impair. Tous les magazines pour ados soulignaient que les chaussettes mi-cuisses étaient le must de l'automne mais, à voir la bobine de Jason, j'aurais tout aussi bien pu arborer des chaussures de clown.

— Tu es sûre que ta jupe est assez longue ? a-t-il insisté, le visage étrangement rouge.

Bizarre, car je portais une mini, pas une super-mini. Sa mère lui avait-elle par hasard servi des flocons d'avoine au petit déjeuner ? Chaque année à la rentrée, elle réitère l'expérience, alors qu'elle sait pertinemment que ça le met de mauvaise humeur. Elle y flanque des raisins secs, or rien ne trouble plus Jason que les raisins secs, depuis que, âgé de trois ans, il a vécu une expérience malheureuse avec l'un d'eux qui s'était coincé dans sa narine droite.

— C'est la mode, ai-je éludé en haussant les épaules.

— Depuis quand te soucies-tu de la mode ? a-t-il pratiquement hurlé.

— Ben dis donc, merci pour tes encouragements ! ai-je riposté, faussement offusquée. Figure-toi que je n'avais pas envie d'avoir l'air d'un sac à patates, pour le premier jour de bahut !

— Elle est superbe ! s'est interposée Becca.

Ça n'a pas calmé Jason.

— Qu'est-ce que tu manigances, Crazytop ?

— Rien du tout. Et cesse de m'appeler Crazytop.

— Je t'appellerai Crazytop autant qu'il me plaira. Accouche !

J'ai eu beau lui assurer que je ne préméditais rien de spécial, ce qui était faux, bien sûr, je ne l'ai pas convaincu. Au lycée, nous nous sommes garés juste derrière une certaine décapotable rouge. Quand Lauren Moffat en est sortie, j'ai cru que Jason allait exploser.

— Elle a les mêmes chaussettes que toi ! s'est-il écrié.

Heureusement, nous étions encore dans la voiture, et Lauren n'a rien entendu. Pour ma part, j'ai été soulagée de constater que les magazines n'avaient pas menti. Les mi-cuisses étaient dans le vent. Si même Lauren Moffat en avait... Sauf que les siennes étaient blanches, là où les miennes étaient bleu marine. Voilà qui constituait une violation caractérisée des règles du Livre, lequel soutenait que les collants blancs n'étaient tolérables que pour les infirmières, les couleurs claires ayant tendance à grossir les jambes. J'ai eu le plaisir de constater la véracité de cette affirmation en observant Lauren qui, son mobile collé à l'oreille, traversait le parking. Ses guibolles, d'ordinaire galbées, étaient éléphantesques. Enfin, presque.

— Le monde est fou ! s'est lamenté Jason, tandis que nous gagnions la porte arrière du lycée (une première pour nous, puisque jusqu'à l'an passé le bus de ramassage scolaire nous avait déposés devant la grille principale). Voilà que Steph Landry et Lauren Moffat s'habillent pareil !

— Pas du tout ! ai-je protesté. Elle a une micro-mini, alors que moi…

Mes paroles ont été noyées sous le charivari qui nous a accueillis dans le hall. Les serrures des casiers cliquetaient, leurs portes claquaient, des filles qui ne s'étaient pas revues depuis la fin de l'année scolaire poussaient des cris perçants en s'embrassant, les garçons s'en tapaient cinq, les profs, debout sur le seuil de leur classe, agrippaient des tasses de café fumant tout en bavassant avec leurs collègues, la principale adjointe, Maura Wampler — plus communément connue sous le sobriquet de Wampler le Vampire —, postée devant l'administration, s'égosillait en vain, ordonnant aux élèves de rejoindre la salle de leur prof principal :

— Pressez-vous ! La cloche va bientôt sonner. Vous tenez à être collés dès le premier jour ?

— Tu me gardes une place à côté de toi à la réunion ? m'a crié Becca par-dessus le chaos.

— Ouais ! À toute !

— Je n'en ai pas fini avec toi, Crazytop ! m'a assuré Jason, une fois près de son casier (le mien était un peu plus loin). Tu prépares quelque chose, et j'ai bien l'intention de découvrir quoi.

— Bonne chance ! lui ai-je souhaité en rigolant avant de filer.

Au fur et à mesure que je m'éloignais, le tintamarre a paru se calmer un peu. Ce qui était étrange, car mon casier est situé à l'intersection de deux couloirs, près des toilettes des filles, d'une fontaine à eau et des escaliers menant à la cantine. D'habitude, c'est l'endroit le plus bruyant du bâtiment. Ce jour-là cependant, pour une raison inconnue, le corridor semblait presque tranquille. Pas, comme je l'aurais souhaité, parce que j'avais une allure époustouflante avec mes vêtements neufs et ma nouvelle coupe de cheveux, réduisant l'assistance médusée au silence. Un peu comme Drew Barrymore, lorsqu'elle débarque au bal déguisée en ange, dans le film *À tout jamais*[1].

En vérité, le tumulte était sûrement aussi puissant que d'ordinaire. C'était juste une *impression*. Car Mark Finley venait d'entrer dans mon champ de vision. Son casier est situé en face du mien. Il discutait avec d'autres gars de l'équipe de foot. Dans son maillot mauve et blanc, il semblait bronzé et reposé, ses cheveux châtains avaient des reflets dorés dus à ses nombreuses sorties sur le lac durant l'été. Même ses prunelles noisette paraissaient plus brillantes, par contraste avec le hâle de ses joues. Naturellement, j'avais le regard rivé sur lui. À l'instar de toute fille qui se respecte. Rien de plus normal donc que, éblouie par cette vision céleste, j'aie manqué de repérer Lauren Moffat et ses Mygales, Alyssa Krueger et Bebe

1. Film d'Andy Tennent (*Ever After : A Cinderella Story*, 1998), une resucée de Cendrillon.

Johnson qui, postées près de la fontaine à eau, me toisaient, l'air mauvais.

— Pour qui te prends-tu ? a attaqué Lauren, bille en tête, en remarquant ma coiffure de jeune insouciante et mes ballerines.

Par bonheur, la veille, j'avais relu le chapitre du Livre concernant la jalousie. Aussi, c'est sans me démonter que j'ai su comment réagir.

— Salut, Lauren ! Tu as passé un été sympa ?

Interloquée, mon ennemie a interrogé des yeux ses complices.

— Pardon ? a-t-elle marmonné, incrédule.

— Bonnes vacances ? ai-je répété en priant pour qu'aucune des trois ne remarque à quel point mes doigts tremblaient tandis que je composais le code de mon casier. J'espère que oui. Ta mère a aimé son livre ?

Elle en est restée bouche bée. Je l'avais désarçonnée. Depuis l'incident de la Méga-Tache-Rouge-de-Grenadine, nos relations s'étaient limitées aux vacheries qu'elle me lançait et auxquelles je répondais… par rien. Que, pour une fois, je lui serve une repartie laissant clairement entendre que je refusais de mordre à l'hameçon qu'elle me tendait, avait complètement paralysé ses maigres facultés cérébrales.

— En tout cas, moi, je l'ai trouvé très bien, ai-je continué.

— Quoi ? a-t-elle balbutié en plissant ses paupières couvertes de fard bleu.

— Le livre que ta mère a acheté samedi soir, ai-je précisé.

À cet instant, Dieu merci, la sonnerie a retenti. J'ai claqué la porte de mon casier et rajusté la bandoulière de mon sac griffé.

— Bon, on se voit à la réunion ! ai-je conclu en déguerpissant.

Ce faisant, je suis passée juste devant Mark Finley qui, je n'ai pas pu m'empêcher de le remarquer, louchait dans ma direction, soit parce qu'il m'avait vue discuter avec sa bonne amie, soit parce qu'il était intéressé par mes chaussettes mi-cuisses — même si je savais que c'était beaucoup espérer. Mais bon, le Livre assure que l'optimisme est crucial dans la réussite de l'ascension sociale. Quoi qu'il en soit, nos regards se sont croisés.

— Salut, Mark ! ai-je lancé en souriant. Bonnes vacances ?

Ma toute première phrase adressée à Mark Finley. Je crois qu'elle a eu l'effet désiré, parce que, alors que je m'éloignais, je l'ai entendu dire :

— Qui c'était, ça ?

— Steph Landry, crétin ! a sifflé cette vipère de Lauren.

Eh oui ! Je venais de lâcher « une jolie Steph ».

Sauf que, une fois n'est pas coutume, l'idée m'a réjouie.

Maintenant que le problème de votre garde-robe a été réglé, il est temps de s'attaquer à votre personnalité.

Êtes-vous sociable ? « Mondaine » ?

Sinon, il vous suffit de le devenir.

Comment ?

En vous inscrivant à des clubs pratiquant les loisirs qui vous passionnent.

Les gens sont attirés par qui a la capacité de transmettre son propre enthousiasme — que ce soit pour laver des voitures, organiser un barbecue ou planifier une soirée de rock acrobatique !

Alors, engagez-vous dans un maximum d'activités sociales offertes par votre lycée et faites preuve d'esprit de corps !

La passion est contagieuse. Bientôt, vous serez, vous aussi, contagieuse — au bon sens du terme.

Lundi 28 août,
11 heures Jour-J

— Qu'est-ce que c'est nul ! a ronchonné Jason en se dirigeant vers nos places habituelles, au fond de l'auditorium où, l'année précédente, j'avais suggéré de faire rouler des canettes jusqu'à la scène pendant les différents discours que la réunion traditionnelle de bienvenue au lycée nous infligeait.

Le sol étant en ciment, le vacarme avait été des plus satisfaisants. On ne nous avait pas soupçonnés, parce que nous sommes de bons éléments. Wampler avait enguirlandé des innocents assis juste devant nous, simplement parce qu'ils étaient en BTS d'horticulture. Dans sa lancée, elle les aurait volontiers collés si, au même instant, je n'avais lâché une de mes boîtes de Coca, provoquant un nouvel accès de rage du Vampire.

— Qui s'amuse à ça ? avait-elle piaillé, rouge de colère.

J'avais tellement rigolé que j'en avais eu un point de côté.

— J'ai une idée ! ai-je crié juste avant que Jason ne s'avachisse sur un fauteuil. Rapprochons-nous.

La passion est contagieuse — à d'autres !

— Ômondieu ! s'est exclamée Becca. Tu prépares un nouveau mauvais coup ?

— Euh… c'est ça.

— Mais comment je vais réussir à balancer ma canette, moi, si nous sommes devant ? a protesté Jason.

— Tu ne balanceras rien du tout, ai-je rétorqué en sélectionnant trois places vides à quelques rangées de l'estrade.

— Quel que soit ton plan, il a intérêt à en valoir la peine, a-t-il maugréé en constatant que nous étions tout près de Wampler et des autres responsables du bahut. On va être obligés d'écouter !

— Exactement.

— Je ne pige pas. D'abord les cheveux, puis les chaussettes, et maintenant ça. Tu n'aurais pas été victime d'un traumatisme crânien dont je n'aurais rien su, cet été ?

— Chut !

Wampler le Vampire ouvrait le ban. La réunion marquant le premier jour de la rentrée consiste en laïus divers et variés tenus entre autres par d'anciens drogués ou des types qui ont tué leurs amis parce qu'ils conduisaient en état d'ivresse. Autant d'expériences charmantes que tout le monde tient à partager.

Tandis que la PA s'efforçait d'instaurer le calme en répétant à tout bout de champ dans le micro : « Installez-vous ! S'il vous plaît, installez-vous », j'ai passé en revue les Idoles qui arrivaient et prenaient place aux premiers rangs. Alyssa Krueger, en jean de chez Juicy Couture et haut à paillettes, a débarqué sur les larges épaules de Sean De Marco en pouffant comme une hystérique. Bebe Johnson jacassait de sa voix haut perchée, pour ne rien dire comme à l'accoutumée. Darlene Staggs était entourée de sa cour habituelle de garçons. L'un d'eux a sûrement lancé une blague, car elle a rejeté la tête en arrière et s'est mise à rire, ses cheveux blond miel tombant en cascade sur le dossier de son siège. Ses autres courtisans en ont profité pour reluquer sa poitrine magnifique, ballottée par tant d'hilarité.

Juste avant la sonnerie, Lauren est apparue, main dans la main avec Mark Finley. Ils ne se regardaient pas avec des yeux énamourés (« Je t'aime.. non, *je* t'aime. Non, c'est *moi* qui t'aime »), mais contemplaient la mer de visages entourant l'allée qu'ils descendaient, souriant comme de jeunes mariés auraient souri aux invités rassemblés pour leurs noces, ou un couple royal saluant avec bienveillance leurs sujets. D'ailleurs, en un sens, c'est ce qu'ils sont — le roi et la reine de notre lycée. Jason — qui avait tourné la tête et émis un bruit très grossier en découvrant ceux que j'observais — n'y changera rien.

Dès que nos monarques ont été installés — au tout premier rang, puisque Mark, en qualité de représentant des Terminales, était censé monter sur la scène afin d'y prononcer un discours et de nous inciter à aider ses camarades à réunir suffisamment d'argent pour les expédier tous à King's Island[1] au printemps, une tradition chez nous —, le principal, M. Greer, s'est enfin approché du micro, et les bavardages se sont tus. Cet élan soudain de discipline s'explique par le fait que Greer, golfeur réputé, conserve un club dans son bureau, club avec lequel il répète souvent ses swings, sans égard (selon la rumeur) pour qui se trouverait assis en face de lui à ce moment-là. Il y a un borgne qui bosse à la station de lavage de voitures, et la légende soutient que c'est Greer qui l'a énucléé avec son fer 5 le jour où le pauvre type a été convoqué chez lui pour avoir osé envoyer au diable Wampler le Vampire.

Le proviseur s'est lancé dans son speech (« Bienvenue, chers élèves, pour une nouvelle année au lycée de Bloomville ! »). Jason, tassé dans le fauteuil voisin du mien, s'est affalé un peu plus, posant ses Converse montantes sur le dossier du siège de devant, ce qui a poussé son occupante, Courtney Pierce, la fayote en chef, à se retourner pour lui décocher un coup d'œil mauvais, auquel il a répondu par un : « Ben quoi ? Je te touche même pas », réplique qu'il tient, au passage, de mon frère Pete. À côté de lui, Becca, qui

1. Un des plus célèbres parcs d'attractions des États-Unis, situé à King's Mills, dans l'Ohio.

s'ennuyait ferme, a sorti un stylo à paillettes violettes qu'elle avait mis sur mon compte d'employée de la librairie (un dollar et douze *cents*, soit soixante-treize *cents* avec ma réduction de trente-cinq pour cent) et a entrepris de dessiner de petites étoiles sur les bandes blanches des godasses de Jason. Ce dernier, après m'avoir jeté un regard alarmé (genre : « Tu vois ? J'avais raison. Ta copine est dingue »), n'a pas protesté, comme s'il craignait, pour peu qu'il bouge, qu'elle plonge la pointe du stylo dans son bras ou je ne sais quoi.

Une fois que le petit père Greer en a eu terminé avec ses paroles assommantes nous encourageant à profiter de l'année à venir pour « développer notre potentiel à son maximum », ça a été au tour du Vampire d'égrener les points essentiels du règlement : pas de triche, pas de violence, pas de harcèlement d'aucune sorte, sinon, zou ! on vous expédie à l'école militaire de Culver ou dans un lycée pour cas sociaux.

Difficile de déterminer quel est le pire châtiment. À Culver, ils vous obligent à vous lever à l'aube et vous infligent des exercices physiques abominables. Chez les débiles, ils vous forcent à monter des pièces de théâtre destinées à exprimer vos sentiments envers la guerre. C'est un choix où l'on perd à tout coup. Tant qu'à faire, mieux vaut encore éviter d'enfreindre la politique du bahut.

Finalement, après avoir plongé son auditoire dans un ennui abyssal, la mère Wampler a cédé la parole à Mark. Ce dernier a sauté sur la scène sous les acclamations nourries de la foule, ce qui a réveillé en sursaut certains élèves, dont Jason.

— J'y crois pas ! a-t-il soufflé en découvrant ses pompes.

Becca avait cru bon d'ajouter des licornes aux étoiles.

— Elles ne sont pas mignonnes ? s'est-elle exclamée, ravie par ses propres prouesses artistiques.

— J'y crois pas ! a répété Jason, l'air de ne pas les trouver mignonnes du tout.

Je n'avais pas le temps de m'intéresser à ce drame. En effet, Mark venait de commencer son laïus.

— Salut ! a-t-il lancé de sa voix grave et bourrue (mais néanmoins charmante), après avoir rehaussé, sous les ricanements du corps étudiant, le micro réglé pour la minuscule principale adjointe. Bon... ben, c'est la rentrée, et vous savez ce que ça signifie... les Premières sont maintenant en Terminale, et...

Ici, il a été interrompu par une salve d'applaudissements et de hourras, tandis que les Terminales se félicitaient mutuellement d'avoir survécu aux vacances, ayant évité de provoquer en état d'ivresse des accidents de voiture ou de plonger dans la partie la moins profonde de la piscine (sans mentionner l'absorption de pichets de limonade parfumée au Bidule Fraîcheur Citron).

— Ouais, bon, a repris Mark avec un petit sourire craquant lorsque ses camarades se sont calmés, vous avez compris. Il va falloir qu'on économise pour notre balade printanière. Donc, il va falloir gagner de l'argent. L'an passé, les Terminales ont réussi à décrocher dans les cinq mille dollars rien qu'en lavant des voitures le samedi. Je propose qu'on réitère l'expérience. *Le Homard rouge*, près du centre commercial, a promis de prêter son parking. Alors ? Vous en pensez quoi ? Vous êtes partants, vous autres ?

Nouveaux applaudissements, rythmés cette fois de sifflets et de cris : « Allez les Poissons ! », ovation qui a déclenché les inévitables railleries sur ceux qui s'adonnent encore aux jeux de cartes pour gamins[1].

Franchement, je ne comprends pas comment notre lycée a réussi à se doter d'un poisson comme mascotte, en l'occurrence le poisson-chat[2]. Ça craint. Il y aurait un lien avec la girouette plantée au sommet du tribunal… dont certains soupçonnent qu'il s'agit en réalité d'une perche, l'espèce la plus répandue dans le lac. Bref, ça pourrait être pire — rien que d'imaginer nos équipes baptisées les Perches, j'en frissonne.

Mark a balayé la salle des yeux, histoire de voir si quelqu'un avait autre chose à ajouter que « Allez les Poissons ! » Je l'ai imité. Le seul à lever la main a été Gordon Wu, le représentant des Premières, élu parce qu'il a été l'unique candidat, mes camarades étant… comment le formuler le moins méchamment pos-

---

1. Référence à un jeu de cartes américain très populaire, où chaque joueur demande à son voisin telle ou telle carte. Pour peu que le joueur sollicité ne l'ait pas en main, il lance « *Go fish !* » (littéralement, « Va pêcher ! », mais qu'on peut aussi traduire par « Allez, poisson ! »), soit l'équivalent de notre « Pioche ! ».

2. Poisson réputé pour sa voracité, son endurance et les piqûres qu'il peut occasionner.

sible ? un peu apathiques ? Bondissant sur ses pieds, il a lancé :

— Euh… Excuse-moi, Mark, mais je me demandais s'il n'y avait pas d'autres moyens pour lever des fonds. C'est que… certains parmi nous préféreraient avoir leur samedi libre pour… euh… bosser…

La foule a aussitôt conspué le malappris, et plusieurs élèves sont allés jusqu'à beugler : « Fais pas ta Steph, Wu ! » Pour une fois, la chance me souriait, car Gordon venait d'entrouvrir la porte par laquelle j'avais bien l'intention de m'engouffrer. Ce que j'ai fait, sans plus tergiverser, avant que Mark ait le temps de réagir.

— La remarque de Gordon est intéressante, suis-je intervenue en me levant à mon tour.

Si brusquement, d'ailleurs, que Jason a sursauté et a laissé retomber ses godasses par terre. Visiblement indifférent au bruit provoqué, il a tourné la tête vers moi et (juste avec les lèvres) a crié : « QU'EST-CE QUE TU FABRIQUES ? ASSIEDS-TOI ! » Pour sa part, Becca m'a fixée, horrifiée, un doigt dans la bouche (elle se ronge les ongles).

Tous les visages ont pivoté vers moi dans un silence ahuri. J'ai senti une chaleur me rougir les joues, et je me suis efforcée de l'ignorer. Je tenais enfin l'occasion de montrer mon esprit de corps, après des années à somnoler pendant les événements liés à la vie sociale du lycée auxquels j'étais contrainte d'assister (et à sécher tous ceux qui n'étaient pas obligatoires). C'en était fini de mon attitude négative.

— Il y a des tas de gens doués, dans cette salle, ai-je continué, heureuse que personne ne puisse apercevoir mes genoux (sauf Jason, mais il ne regardait pas dans cette direction), tant ils tremblaient. Il serait dommage de ne pas en profiter. Alors, j'ai songé qu'une bonne façon de gagner de quoi financer le voyage des Terminales serait d'organiser une vente aux enchères des talents de chacun...

Sortant de sa stupeur, l'auditoire s'est mis à bruire. Lauren Moffat, les pupilles allumées par la joie (je me donnais en spectacle... une fois de plus), s'est penchée pour chuchoter à l'oreille d'Alyssa Krueger.

— ... Laissez-moi vous expliquer, me suis-je empressée de poursuivre avant d'être submergée par les murmures. Les gens comme Gordon, par exemple, qui se débrouille très bien en informatique, mettraient en vente quelques heures de formation au bénéfice d'un membre de la communauté...

Les murmures sont devenus rumeur. La foule perdait patience. Bientôt, les « Ne sois pas si Steph ! » allaient déferler. Je ne les tenais pas encore. Il fallait absolument que je les ferre.

— ... Ou toi, Mark, ai-je enchaîné en plongeant mes yeux dans ses calmes prunelles noisette. (Se doutait-il quelles décharges électriques elles déclenchaient dans l'anatomie de la population féminine du lycée ? Bizarres, les idées qui vous passent par la tête, alors que votre vie défile devant vous.) En tant qu'arrière de l'équipe de foot, tu pourrais envisager de vendre un peu de ton temps afin de figurer dans une publicité vantant les mérites de telle ou telle affaire de Bloomville. Elle serait diffusée sur la télévision locale. Les gens seraient prêts à payer très cher pour ça...

À la table installée derrière le podium où se tenait Mark, tant la mère Wampler que le père Greer me mataient avec intensité. Le Vampire a même marmonné quelque chose à son supérieur. Je me suis demandé si elle nous avait toujours soupçonnés pour le coup des canettes de l'an passé et si elle avait fini par piger. Je l'ai ignorée.

— C'est juste qu'il y a tant de personnes brillantes, ici, ai-je poursuivi...

Là, je jouais un jeu dangereux. Le Livre avait été très spécifique quant à la nécessité absolue d'éviter le fayotage. Même s'il n'appelait pas ça comme ça — il appelait ça de la « flagornerie ». En tout cas, il fallait s'en garder à tout prix. J'étais cependant en train de m'apercevoir combien il était difficile de valoriser les autres sans donner l'impression de les flatter bassement.

— ... il serait vraiment bête de les forcer à laver des voitures, plutôt que de leur donner une chance de s'illustrer dans le domaine pour lequel ils ont des dispositions naturelles.

À cet instant, un sifflement a retenti :

— Et toi, Steph ? C'est quoi, ton talent ?

— Ben, les Grosses Taches ! a répondu aussi quelqu'un.

Je n'ai pas eu besoin de tourner la tête pour deviner qu'il s'agissait de Lauren et d'Alyssa. Je ne connaissais que trop bien leurs voix.

— Cela ne signifie pas pour autant qu'il faudrait renoncer au lavage de voitures, ai-je repris, consciente des ricanements qu'avait déclenchés l'échange entre les deux pestes. Ne serait-ce que pour permettre à ceux dont les talents sont moindres que ceux des autres de participer à ce grand projet commun.

J'ai failli ajouter : « Ou ceux dont les talents monnayés seraient du genre à les conduire droit en prison », en regardant Lauren droit dans les yeux. Malheureusement, le Livre précise que les filles impopulaires ne peuvent se permettre d'agresser leurs ennemies en public. N'empêche. Lauren savait-elle que, très bientôt, elle risquait de dégringoler du sommet de la pyramide où sa popularité l'avait installée ?

— Bref, j'estime que nous devrions réfléchir à ces enchères du talent, ai-je conclu.

Sur ce, je me suis rassise.

Il était temps, car mes genoux avaient fini par céder. Je n'aurais pas réussi à rester debout une minute de plus. Effondrée sur mon siège, le cœur battant, j'ai dévisagé Jason et Becca. Tous deux me fixaient, la bouche légèrement entrouverte.

— Qu'est-ce que c'était que ce cirque ? a marmonné Jason. Depuis quand te préoccupes-tu de…

Je n'ai pas entendu la suite, car Mark a tapoté sur le micro pour attirer l'attention de la salle qui s'était lancée dans force chuchotis.

— Euh… bon. Merci, euh…

— Steph Landry ! a piaillé Lauren avant de s'écrouler sur son fauteuil, morte de rire.

— Merci, Steph, a dit Mark.

Il a pivoté vers Wampler et Greer. Tous deux ont hoché la tête. Qu'est-ce que ça signifiait ? Qu'ils trouvaient mon idée bonne ? Ou que Mark devait continuer sans relever mon intervention ?

— Bon… euh… je crois qu'une enchère des talents est une excellente suggestion, a-t-il déclaré en plongeant ses beaux yeux droit sur ma place (où j'étais morte, moi aussi, pas de rire mais de honte).

Son regard m'a incendiée (dans le meilleur sens du terme).

— QUOI ?

Le cri — qui émanait de Lauren — a claqué comme la foudre. Tous les visages ont pivoté vers elle. Ses traits étaient un masque comique de l'outrage. Enfin, moi je l'ai trouvée drôle. Mark l'a toisée d'un air surpris, l'air de ne pas comprendre quel problème avait sa bonne amie.

— Bien, a-t-il repris. Si tu es d'accord, Steph, je te charge de recruter les gens désireux de participer à… euh… ce truc des talents.

— D'accord ! ai-je répondu.

— Génial ! Et maintenant, nous avons tous besoin d'une petite ola en l'honneur des Poissons-Chats de Bloomville…

Sur ce, Mark nous a entraînés dans l'hymne du lycée, une pantomime d'un ridicule consommé où l'on frappe ses bras l'un contre l'autre en vue d'imiter le bruit d'une nageoire claquant sur l'eau.

Heureusement, la cloche n'a pas tardé à sonner.

Ne vous étonnez pas si certaines de vos relations vous reprochent votre nouvelle assurance et tentent de saper vos efforts pour améliorer votre taux de popularité. Indubitablement, c'est la jalousie qui les y pousse et, peut-être, la crainte de voir leur propre statut social faiblir au regard de votre ascension météorique. Tâchez d'apaiser au mieux leurs angoisses et faites savoir à vos vieux amis qu'ils compteront toujours pour vous... tout autant que les nouveaux.

Lundi 28 août,
13 heures Jour-J

Tout le monde a filé déjeuner.

Sauf moi.

Et Jason et Becca, parce qu'ils étaient coincés par moi qui refusais de bouger. Qui ne *pouvais pas* bouger. Mes genoux tremblaient encore trop. À cause de ce qui venait de se produire. Le défilé d'élèves s'arrêtant près de moi sur le chemin de la sortie pour me lancer « Super idée, Stéphanie ! » (Gordon Wu) ou « Tu penses que je pourrais mettre aux enchères des cours de dessin pour les enfants ? Je me débrouille pas mal, tu sais. Est-ce que c'est un talent ? » n'a pas arrangé les choses. Même le proviseur a pris le temps d'une petite pause avant de foncer vers sa prochaine partie de golf.

— Jolie suggestion, Tiffany ! s'est-il exclamé. Je suis heureux de constater que, pour une fois, vous prenez part aux activités du lycée. Cela influencera peut-être vos amis, a-t-il ajouté après un coup d'œil peu amène à Becca et Jason.

— Stéphanie, a maugréé ce dernier, tandis que Greer s'éloignait. Pas Tiffany, crétin.

L'autre ne l'a pas entendu.

De toute façon, aucune importance. Il suffisait à mon bonheur que Mark Finley connaisse mon nom, lui. Seul cela comptait. J'en ai eu la confirmation quand il a remonté l'aile où j'étais assise, m'a adressé un sourire éclatant et, hochant la tête d'un air approbateur, m'a dit :

— Bien joué, Steph ! À plus.

D'accord, il avait le bras enroulé autour du cou de Lauren Moffat, à cet instant. Mais seulement parce que c'était elle qui l'avait placé là. Elle avait attendu qu'il descende de l'estrade et s'était littéralement jetée sur lui. Et d'accord aussi, elle a ricané, bien que le gars auquel elle était scotchée comme une glu soit tout sucre tout miel avec moi. On s'en fiche. Mark Finley m'avait souri !

Ce que n'a pas manqué de remarquer Becca, une fois que nous avons été seuls.

— Mark Finley t'a souri, a-t-elle murmuré avec respect. Il t'a souri gentiment, qui plus est.

— Je sais, ai-je répondu en sentant les forces me revenir peu à peu.

— Mark Finley, a-t-elle continué d'un ton dubitatif. C'est... le type le plus populaire du bahut, non ?

— Oui, ai-je soupiré.

Vide, l'auditorium est très différent de quand il est bondé. Il y a quelque chose de presque apaisant dans son immensité pleine d'échos.

— Qu'est-ce qui t'arrive ? a soudain explosé Jason qui, jusque-là, était resté étrangement silencieux. On a versé du crack sur tes corn flakes, ce matin ?

— De quoi tu parles ? ai-je répliqué en tâchant de jouer l'imbécile.

Ben tiens ! Comme si je n'avais pas pigé.

— Pas de ça avec moi ! a-t-il riposté. Tu m'as compris. Qu'est-ce que c'est, cette idée d'enchères à la noix ? Et toi qui te portes volontaire pour les organiser ! Tu dérailles, ou quoi ?

Mes jambes s'étant raffermies, je me suis levée.

— Je tenais juste à apporter ma contribution, me suis-je défendue. Après tout, nous serons bien contents que quelqu'un fasse pareil quand ce sera notre tour d'aller à King's Island, non ?

— Mais tu *détestes* King's Island, a-t-il crié en sautant sur ses pieds à son tour. La dernière fois, tu as vomi dans le grand huit et, du coup, tu as refusé d'essayer les autres attractions.

— Et alors ? Ce n'est pas parce que j'ai le vertige que je n'ai pas le droit d'aider les autres à s'amuser.

Je me suis dirigée vers la sortie, il m'a emboîté le pas, pas prêt à lâcher le morceau.

— Si ! Là, tu fais preuve d'esprit de corps. Or, tu en es dépourvue. Tu n'as jamais montré le moindre intérêt pour les activités sociales du bahut.

— En vérité, j'y ai beaucoup réfléchi, ces derniers temps, et…

— Oh, non ! a-t-il rugi. (Il était arrivé le premier devant la porte, et il s'est posté devant, histoire que je ne fuie pas avant qu'il ait vidé son sac.) Garde ces âneries pour d'autres, Steph. Comment oses-tu prétendre avoir envie d'aider ceux qui t'ont toujours traitée comme de la crotte à prendre du bon temps à King's Island ?

(Sauf qu'il n'a pas employé le mot « crotte ».)

— C'était Lauren, ai-je objecté, pas eux. Elle ne sera pas du voyage, je te rappelle.

— Qu'est-ce que ça change ? Elle est ton ennemie, ils sont ses amis. *Ergo*, ils sont tes ennemis.

Je l'ai dévisagé sans bouger (de toute façon, il m'empêchait de filer).

— Je te trouve puéril, Jason, ai-je assené de mon ton le plus adulte qui soit. Un peu de bonne volonté n'a rien de répréhensible s'il s'agit de rendre service à des camarades. Dans deux ans, nous aurons filé d'ici. Autant profiter du peu de temps qu'il nous reste.

En tout cas, c'était ce qu'affirmait le Livre. Selon lui, il fallait s'efforcer de vivre pleinement ses années lycée, parce qu'on ne les vivait qu'une fois. Certes, Jason n'avait pas lu le Livre. L'aurait-il fait, ça n'aurait cependant pas changé grand-chose, à en juger par sa réaction. Car il a tendu la main et l'a placée sur mon front, comme s'il tentait de déterminer si j'avais de la température.

— Tu la trouves fébrile, Becca ? a-t-il marmonné. J'ai l'impression qu'elle nous couve quelque chose. Une méningite, peut-être. Ou une fièvre hémorragique. Ou alors, elle a été enlevée et remplacée par un clone très malin. Dis-moi, clone, a-t-il ajouté en retirant sa paume et en plongeant ses yeux dans les miens, à quel jeu Steph Landry et moi jouions-nous, à sept ans, dans le gros tas de terre que les ouvriers ont laissé quand ils ont creusé la piscine de mes parents ? Si tu l'ignores, c'est que tu es un extraterrestre qui a kidnappé la vraie Steph Landry, laquelle est en ce moment dans ton vaisseau spatial.

— GI Joe rencontre Barbie spéléologue, ai-je répliqué, furax. Arrête tes bêtises, et allons manger, sinon nous serons assis à une mauvaise table.

— Je croyais que nous déjeunions dehors, aujourd'hui ? a tout à coup pépié Becca. Vu que Jason a une voiture, maintenant…

— Nous n'avons pas le droit de quitter le campus, leur ai-je lancé. Et puis, c'est le meilleur moment de la journée pour tenter de développer notre réseau de relations sociales.

J'avais à peine proféré ces paroles, que je me suis aperçue qu'elles étaient une citation textuelle du Livre. Becca et Jason m'ont contemplée avec des yeux ronds — d'habitude, je ne m'exprime pas ainsi.

— Ce que je veux dire, me suis-je reprise, c'est que je ne peux pas ne pas me montrer à la cantine. Il faut que je sois disponible, des fois que quelqu'un veuille s'inscrire pour une enchère. Pigé ?

— Oui, a rigolé Jason. Encore un de tes plans diaboliques ? Tu vas pousser le bahut à acheter des marécages en Floride, c'est ça ?

— Pardon ?

— Ou alors, notre Crazytop cherche à ridiculiser Mark Finley ?

J'en suis restée coite. Certes, j'avais un plan, mais pas du tout pour les buts machiavéliques que Jason envisageait. Ce dont il a semblé s'apercevoir aussitôt, car, se tournant vers Becca, il a dit :

— Allons-y.

Becca s'est empressée d'acquiescer, non sans me jeter un coup d'œil prudent, comme si j'étais un chien enragé. Pourtant, je n'ai pas saisi. Pas tout de suite. Sûrement parce que la vérité était trop horrible.

— Bien, ai-je lancé, soulagée, croyant qu'ils m'avaient comprise. Maintenant, nous descendons à la cafète, nous prenons une salade, n'importe quoi, puis nous nous postons près des plantes en pot que les élèves en horticulture ont installées, et si quelqu'un passe, nous…

— Nous rien du tout, oui ! a décrété Jason en ouvrant les portes et en entraînant Becca dans le couloir.

Je les ai suivis, toujours inconsciente de ce qui se jouait sous mes yeux.

— Naturellement, c'est mon idée, donc c'est mon boulot. Vous n'êtes pas obligés de me donner un coup de main. Mais si… Hé ! Où vous allez, comme ça ?

Au lieu de tourner en direction de la cantine, ils venaient de bifurquer vers le parking des élèves.

— Chez Pizza Hut ! a lancé Jason. Tu peux nous accompagner, si tu as changé d'avis.

Je suis restée plantée là, abasourdie. Jason et moi avions *toujours* déjeuné ensemble. Enfin, sauf lors de notre brouille au CM2. Or voilà qu'il me laissait tomber ! Simplement parce que j'avais montré un esprit de corps en m'impliquant dans la vie du bahut ?

— Vous n'êtes pas sérieux ! me suis-je exclamée, une partie de mon cerveau continuant à espérer qu'ils plaisantaient. Il est temps que nous commencions à nous investir, sinon personne ne saura à quel point nous sommes géniaux. Ce sera « Ne soyez pas si Steph » pour le restant de nos jours. Hé ! HÉ !

Trop tard ! Mes paroles ont résonné dans le vide. Ils étaient partis.

Tout n'est qu'une question d'empathie — s'identifier aux ressentis des autres, envisager les choses de leur point de vue.

Les gens populaires, en « se connectant » aux sentiments de leurs fréquentations, leur donnent à croire qu'elles sont « des leurs ». Ils ne se contentent pas de hocher la tête en prenant un air compréhensif quand elles évoquent leurs problèmes. Ils essaient réellement d'imaginer comment eux-mêmes réagiraient dans une situation analogue. En vous forçant à éprouver plus d'empathie envers vos contemporains, ces derniers se sentiront plus en phase avec vous, et votre charme et votre popularité progresseront à une vitesse astronomique !

Alors, mettez-vous-y !

Lundi 28 août,
14 heures Jour-J

La cafétéria du lycée est terrifiante, et pas seulement à cause de la nourriture qu'on y sert. Elle rappelle un peu la Grande-Rue — l'endroit où il faut être et être vu, pour peu qu'on soit un ado de Bloomville, Indiana. Les tables, rondes, sont prévues pour une dizaine de convives. Ce qui signifie que ceux qui, comme moi, souhaitent manger avec les gens populaires doivent en trouver une où il reste une petite place. Plus important encore, une où les personnes qui y sont déjà installées vous autoriseront à vous joindre à elles.

En quittant le bar à salades avec mon plateau, j'ai inspecté la salle devant moi et, comme c'était prévisible, me suis rendu compte que presque toutes les bonnes chaises étaient occupées. Il y avait certes un ou deux sièges vides à la « table d'honneur »... où étaient assis Lauren, Mark et leur cour, dont Alyssa Krueger et une partie de l'équipe de foot.

À l'inverse, la table de Gordon Wu était quasiment déserte. D'ailleurs, en m'apercevant, il s'est levé, a agité le bras et a ôté son cartable de la place voisine de la sienne, comme s'il me l'avait réservée. Ce qui était très gentil de sa part. Sauf que, si j'acceptais son invitation, je n'aurais pas progressé d'un pas dans mes efforts pour réhabiliter ma réputation.

Soudain, j'ai remarqué un siège libre à la table de Darlene Staggs, juste à côté de celle de Mark et Lauren. Autrefois, Darlene trônait en leur compagnie. Cependant, depuis qu'elle s'est vu pousser la plus belle paire de nichons du comté de Greene durant les vacances d'hiver l'an passé (des personnes moins bien intentionnées, tel Jason, assurent qu'ils sortent tout droit de la « boutique à lolos », mais je refuse d'admettre que des parents, même des irresponsables comme les miens, autoriseraient leur fille de seize ans — un âge où la croissance n'est pas encore terminée — à se faire greffer des prothèses mammaires), elle a dû installer ses quartiers ailleurs, afin de pouvoir accueillir à l'aise sa suite sans cesse grandissante d'admirateurs mâles.

Darlene Staggs est sans doute l'être le plus bête que je connaisse en dehors des attardés mentaux inscrits dans les classes de rattrapage. Une fois, en quatrième, durant un cours de biologie, elle a fini par comprendre que le miel était produit par les abeilles, et elle a été tellement dégoûtée de découvrir que son condiment préféré venait « du popotin d'une abeille » (pour reprendre ses termes) qu'il a fallu l'envoyer à l'infirmerie, où on lui a appliqué une compresse froide sur le front.

N'empêche, si en matière de cerveau Dieu a roulé Darlene dans la farine, Il a carrément mis le paquet pour ce qui est de sa beauté. Même s'il est évident que Darlene est le genre de nana qui, d'ici quelques années, après être devenue l'épouse hochet d'un banquier et avoir mis au monde un ou deux moutards, va devoir mener une bataille contre la surcharge pondérale identique à celle que je conduis en ce moment. En attendant, elle est la plus jolie fille du lycée. Par conséquent, elle est constamment entourée de garçons qui lui collent aux chausses dans l'espoir, un jour, de pouvoir se nicher dans ses avantages moelleux et profonds.

L'autre caractéristique de Darlene, c'est que, lorsqu'elle, Lauren, Alyssa Krueger et Bebe Johnson faisaient la queue devant Dieu pour recevoir leur part de méchanceté, elle a sûrement détourné la tête, aperçu un papillon qui passait par-là et filé derrière lui, car il n'y a pas une once de vacherie en elle. Lauren l'accueille quand même dans sa bande de Mygales, parce qu'elle est trop mignonne pour la rejeter (des fois que la beauté déteigne !).

Voilà pourquoi, après un sourire d'excuse à l'adresse de Gordon Wu, je me suis dirigée vers la chaise vacante à la table de Darlene, à un mètre de celle de Lauren et Mark.

— Salut, Darlene ! ai-je lancé en déposant mon plateau en face du sien. Je peux m'installer ici ?

Ses huit commensaux se sont arrachés au spectacle fascinant de sa poitrine pour me toiser. Enfin, plus précisément, pour reluquer le haut de mes cuisses.

— Oh ! Tu es la fille de la réunion ! s'est exclamée Darlene suavement (car elle est toujours d'une exquise suavité). Bien sûr, assieds-toi !

Obtempérant, je me suis attaquée à mon poulet rôti, prenant soin d'en ôter la peau afin d'éviter que les graisses saturées superflues ne s'agglutinent sur mon derrière.

— J'aime bien tes chaussettes, a décrété Todd Rubin avec un sourire que je ne saurais qualifier autrement que de lubrique.

Au lieu de l'envoyer bouler vertement, ma réaction probable avant d'avoir lu le Livre, j'ai répondu :

— Ah oui ? Merci, Todd. Tu n'es pas dans mon cours de trigonométrie avancée ?

Il a jeté un coup d'œil nerveux en direction de Darlene, comme si mentionner ses prouesses en maths risquait de ruiner ses chances de la séduire, elle dont le QI doit atteindre le nombre de capitales des États américains qu'elle est capable de citer de tête, soit deux. Je le sais, parce que, l'an dernier, j'ai eu cours d'instruction civique avec elle.

— Euh… oui, a-t-il reconnu avec réticence.

— Dans ce cas, tu pourrais participer aux enchères du talent. Des tas de charmantes jeunes filles de

Seconde seraient prêtes à payer pour t'avoir comme prof particulier pendant une journée, tu ne crois pas ?

Après un nouveau regard à Darlene qui le contemplait d'un œil vide en grignotant une carotte, Todd a semblé s'apaiser. Après tout, je venais de le complimenter devant la femme de ses rêves.

— Ben… ouais. Si tu veux. D'accord.

— Génial ! ai-je dit en sortant vivement un bloc-notes que j'avais piqué à l'administration sur le chemin de la cantine. Tiens, inscris-toi. On va sûrement gagner une petite fortune, à ce rythme. Assez pour expédier les Terminales en France. Et vous, les gars ? Ça vous tente que des jeunes filles s'offrent vos services ?

Cinq minutes plus tard, tous les courtisans de Darlene s'étaient inscrits, stipulant dans la colonne des talents des propositions aussi variées que : tondre la pelouse, guider des balades en moto tout-terrain, deux heures de pêche sur le lac de Greene, porter vos sacs quand vous ferez vos courses au centre commercial, dégoter des pièces détachées automobiles à des prix imbattables. Remarquant l'animation qui régnait à notre table, d'autres personnes s'y sont arrêtées pour proposer leurs services. Lorsque la cloche a retenti, j'avais presque trente volontaires, dont l'essentiel des Idoles, y compris Darlene.

— C'est facile pour vous, les gars, s'était-elle écriée, délicieuse. Mais moi ? Je n'ai aucun talent.

— Bien sûr que si, m'étais-je aussitôt récriée, usant de la même voix enthousiaste que j'avais prise pour convaincre ses soupirants. (Le Livre stipule que les gens sont attirés par les personnes extraverties et pleines d'allant.) Tu as vu comme tu es jolie ? Que penses-tu d'une séance de relookage ?

— Ooohhh ! avait-elle piaillé, ravie. Genre au comptoir Lancôme du grand magasin ?

— Hum... oui. Sauf que tu te chargerais de la transformation. En utilisant tes produits de beauté perso.

— Oh ! avait-elle murmuré, vaguement déçue.

Cette gourde avait cru qu'elle serait l'objet de l'enchère. La connaissant, c'est compréhensible.

— Mais si personne ne m'achète ? avait-elle ensuite objecté, toute chiffonnée.

— T'inquiète, Dar, avait aussi sec lancé Mike Sanders (aucun humain ne supporte que Darlene soit triste), je m'arrangerai pour que ma mère enchérisse. Elle a bien besoin d'un relookage, crois-moi.

— Vraiment ? s'était exclamée Darlene, ragaillardie. Tu ferais ça pour moi, Mike ?

— Évidemment, Dar.

Sur ce, tous les autres gars de la table s'étaient empressés de jurer que leurs mères étaient de vrais laiderons ayant un besoin absolu et urgent qu'on leur ravale la façade.

Puis la cloche a sonné, et tout le monde s'est levé, y compris Mark Finley et Lauren Moffat, lesquels se sont retrouvés à marcher juste derrière moi. Mark avait beau avoir le bras noué autour du cou de Lauren (encore !), il ne semblait pas lui prêter beaucoup d'attention. En fait, c'était moi, l'objet de son intérêt.

— Hé ! s'est-il exclamé joyeusement en matant mon bloc. On dirait que tu as déjà plein de noms, hein ?

Je lui ai adressé un sourire radieux, ignorant la moue mécontente de Lauren.

— En effet. Les élèves ont l'air emballés. Je vais passer une annonce dans *La Gazette de Bloomville* pour avertir les habitants des enchères. À ton avis, quel soir serait le mieux indiqué pour les tenir ?

— Jeudi ? Ça te laisserait assez de temps ?

J'ai assuré que je me débrouillerais.

— À propos, tu étais sérieuse, tout à l'heure, quand tu as dit que des gens seraient prêts à payer pour que je figure dans leur pub ?

— Absolument !

Je me suis risquée à jeter un coup d'œil à Lauren, histoire de voir comment elle prenait ça. Ses paupières étaient à demi baissées, telles celles d'un lézard. Il était évident qu'elle aurait préféré se trouver à des milliers de kilomètres de là.

— Tu veux t'inscrire ? ai-je proposé à Mark en lui tendant le calepin. Ta présence attirerait encore plus de monde, tu sais ?

— Ah oui ? (Mais il attrapait déjà le crayon et gribouillait son nom.) Je mets quoi, comme talent ? Mannequin, ça fait un peu trop émission *Top-Model*...

Son sourire en coin trahissait un charmant mélange d'hésitation et de modestie.

— Moi, j'opterais pour porte-parole, ai-je indiqué. Et toi, Lauren, ai-je ajouté, car je ne tenais pas à ce qu'elle croie que je la tenais à l'écart, ça t'intéresserait ? Et si tu proposais de jouer les chauffeurs au volant d'une des BMW de la concession de ton père ?

Elle m'a fusillée du regard.

— Je te remercie, a-t-elle riposté, mais il est hors de question que je trimbale un débile toute la sainte journée dans une des voitures flambant neuves de mon père. Bon sang, il n'y a rien de plus Steph, hein Alyssa ? a-t-elle précisé, histoire de souligner son mépris.

Sa voisine, qui sirotait un Coca, a failli s'étrangler de rire. Mark n'a pas semblé saisir le sel de la situation.

— Hé, Laur, mollo ! a-t-il protesté. C'est comme une action de bienfaisance. Pourquoi es-tu aussi dure ?

Pour le coup, Alyssa s'est vraiment étouffée, crachant une pleine giclée de soda par terre. Quant à Lauren, levant son petit visage étroit de rate, elle a susurré :

— Du calme, Mark, je plaisantais.

Sur ce, elle m'a arraché le bloc-notes des mains, a écrit son nom et, sous la colonne des talents, a griffonné : « n'importe quoi ». Ce qui était tout aussi bien — je doute que quiconque aurait eu envie de payer pour une séance « léchage du derrière de Mark Finley », don qui nous était servi tous les jours gratuitement.

J'ai pris note de répéter celle-ci à Jason plus tard, car il est grand amateur de bons mots.

— Contente ? a grommelé Lauren en me jetant presque le calepin au visage.

— Super, ai-je chantonné, indifférente à son impolitesse. À ton tour, Alyssa (cette dernière s'est inscrite sans moufter). Merci. Vous n'imaginez pas à quel point votre participation va pousser ce projet.

Puis, sur un ultime sourire, j'ai tourné les talons et me suis dirigée vers mon prochain cours.

Êtes-vous une fille populaire ? Vous POUVEZ l'être, en adoptant l'attitude des filles populaires.

Les filles populaires :

1) sont respectueuses et polies envers tout le monde ;

2) se mettent à la place des autres et pensent d'abord à eux ;

3) sont généreuses de leur temps et de leurs dons ;

4) sont enjouées et sociables.

Lundi 28 août,
16 heures Jour-J

Jason et Becca ont été plutôt silencieux, quand nous sommes rentrés du lycée.

D'abord, j'ai cru que c'était parce que j'étais en retard à notre rendez-vous sur le parking. J'avais des excuses — où que j'aille, des élèves m'avaient arrêtée pour s'inscrire. J'étais maintenant à la tête d'une centaine de volontaires, bien plus que ce à quoi je m'étais attendue, presque plus que ce que nous pourrions raisonnablement mettre en vente en une seule soirée.

Jason et Becca ont écarté toute idée de participer, malgré mon insistance sur l'aspect très vendeur de leurs dons.

— Tu donnerais des cours de golf, Jason, lui ai-je suggéré dans la Béhème. Les gens se bousculeraient. Ou tu proposerais des visites de l'observatoire. Quant à toi, Becca, je pensais à une initiation au collage.

Malheureusement, Jason a réitéré son refus de prendre part à quoi que ce soit susceptible de profiter à Mark Finley. Becca, elle, s'est contentée de protester qu'elle n'était pas assez douée, sans compter que ses parents s'opposeraient sûrement à ce qu'elle se mette en vente.

— Ce n'est pas toi, l'objet des enchères, ai-je souligné. C'est ton talent.

Elle n'en a pas moins secoué la tête. Ma foi, je la comprenais. Il n'y a qu'en notre compagnie qu'elle se lâche un peu. Sinon, elle est drôlement timide. En revanche, Jason, lui, est très sociable… enfin, dans la mesure où l'on peut concilier sociabilité et misanthropie.

Le trajet en voiture ne m'a pas permis d'insister plus avant. Par bonheur, un peu plus tard, j'ai reçu un coup de fil de Kitty m'annonçant que nos robes (à Catie et moi) étaient prêtes, de même que les smokings de Pete et Robbie, et nous invitant à un dernier essayage.

— On arrive ! ai-je immédiatement répondu.

Je suis allée chercher ma sœur, qui s'était déjà attaquée à ses devoirs. Dans le comté de Greene, on n'en donne pas avant le CM2, et Catie est si excitée d'en avoir qu'elle s'y met dès son retour de l'école. Ce genre de bachotage est typique de ma famille, moi comprise, si bien que ça n'a rien de trop inquiétant. Pete, Robbie et Sara regardaient la chaîne des clips musicaux dans le salon, ayant décrypté depuis belle lurette le mot de passe que notre mère utilise pour nous interdire certains programmes.

Nous avons prévenu notre père que nous allions chez Kitty avant de laisser Sara devant *Dora l'exploratrice*, histoire qu'il ne s'aperçoive pas du mot de passe éventé, puis nous avons traversé la pelouse des Hollenbach pour gagner la maison de Jason, où nos toilettes nous attendaient.

Je ne me considère pas comme une accro de la mode. Excepté les mi-cuisses — que j'avais ôtées sitôt rentrée chez moi — je ne suis pas du genre à me saper. N'empêche, les robes que Kitty a choisies pour nous sont vraiment spéciales. Sans manches, d'un satin rose tendre (pas trop fille cependant) avec des fioritures en mousseline de soie d'un rose encore plus pâle, l'ourlet décoré de cristaux de différentes tailles qui brillent à la lumière, mais pas dans le style pacotille à la Barbie. En retirant la grosse ceinture fuchsia, je pourrai porter cette tenue au bal de fin d'année. Dans le cas fort improbable où un garçon m'y inviterait, s'entend.

Le plus beau, c'est que c'est grand-père qui paie. Parce que s'il avait laissé cette responsabilité à ma mère, nous aurions été contraintes de porter des soldes du fripier du coin au lieu de ces merveilles taillées sur mesure par la couturière personnelle de Kitty.

— Bonjour, les enfants ! nous a salués celle-ci quand nous avons déboulé par la porte arrière de la cuisine… la seule que les Hollenbach utilisent.

Leur maison, dans laquelle Kitty a grandi, est l'une des plus anciennes du quartier, sorte d'énorme ferme victorienne — le côté ferme a disparu depuis longtemps, les terres ayant été vendues pour que des baraques comme la mienne y soient construites — dotée d'une entrée majestueuse avec parquet d'époque par laquelle les Hollenbach ne passent jamais. Il y a un office et une chambre de bonne (le grenier dans lequel Jason s'est récemment installé), de même qu'un bouton sous la table de la salle à manger pour sonner la servante en cuisine. Jason et moi avons tellement joué avec quand nous étions petits que sa mère a fini par débrancher l'installation.

— Une limonade ? nous a proposé Kitty.

Voilà pourquoi, enfant, j'adorais venir chez Jason. Et d'une, c'est la seule maison du coin disposant d'une climatisation centrale, si bien que la température y est constamment fraîche. Et de deux, sa mère a toujours de la limonade maison ou du jus d'orange à nous offrir. Chez nous, hormis le lait, la seule boisson disponible, c'est de l'eau. Mon père soutient que nous n'avons pas les moyens de boire des jus, y compris ceux fabriqués à partir de poudre lyophilisée, car c'est trop cher. Ajoutons à cela que, lorsqu'une bouteille apparaît par miracle dans notre réfrigérateur, Pete a tendance à lui régler aussitôt son compte. Enfin, notre père refuse aussi que nous consommions du sirop ou du Coca, car tout ce sucre est mauvais pour la santé. Jason, lui, a le droit d'ingurgiter autant de sucre qu'il veut. Résultat, il n'en a jamais envie.

Nous avons englouti deux immenses pichets de limonade (Pete en a vidé un quasiment à lui tout seul), avant que Kitty ne parvienne à nous persuader de grimper à l'étage pour passer nos vêtements.

Faut-il préciser que ça valait vraiment le coup ?

— Oh ! s'est exclamée Kitty quand Catie et moi avons émergé de l'ancienne chambre de Jason transformée pour l'occasion en cabine d'essayage (aux murs décorés de voitures de course). Regardez-vous ! Deux petites princesses !

Catie s'est contemplée dans un miroir. Sa robe est identique à la mienne, avec un décolleté juste un peu moins profond.

— Vous trouvez vraiment ? a-t-elle lancé, ravie.

— Oui, a affirmé Kitty.

Mme Lee, sa couturière, nous a examinées d'un œil critique, puis s'est approchée de moi et a pincé le tissu, au niveau des aisselles.

— Il va falloir reprendre un peu ici, a-t-elle décrété.

— En effet, est convenue la grand-mère de Jason en hochant la tête. Un tout petit peu.

Pete, qui, mal à l'aise, tirait sur son nœud papillon du même rose que nos robes, a ricané. Tout ça, parce que Mme Lee avait les mains posées à hauteur de ma poitrine, où la tenue bâillait un peu. Précisons que, lors du premier essayage, n'ayant pas encore le soutien-gorge adéquat, mes seins se répandaient d'allégresse un peu partout. Maintenant qu'ils étaient fermement maintenus en place, la robe nécessitait quelques ajustements.

— Ferme-la, Pete, ai-je dit. Vous aurez le temps ? ai-je ensuite demandé, inquiète, à la couturière.

— Naturellement ! m'a-t-elle rassurée. Ce n'est rien du tout. La tienne est parfaite, a-t-elle ajouté à l'intention de Catie. Tu peux l'enlever. Quant à vous, a-t-elle déclaré à Pete et Robbie d'une voix un peu plus froide, c'est très bien aussi. Déshabillez-vous.

Les deux affreux ont poussé un hourra de soulagement et ont filé dans le couloir, se débarrassant de leurs ceintures et de leurs vestes avant même d'atteindre la salle de bains, le vestiaire des garçons ce jour-là. Quant à Catie, elle semblait plutôt prête à se pendre qu'à ôter sa tenue de bal.

— Et votre robe à vous, à quoi elle ressemble, madame Hollenbach ? a-t-elle demandé.

— Appelle-moi Kitty, chérie, a répété cette dernière pour la énième fois. (Les petits n'arrivent pas encore à s'y faire.) Elle ne sera pas aussi jolie que les vôtres. Enfin, j'espère qu'Émile l'aimera.

— Oh, pas de souci, a répliqué ma sœur. Il est raide dingue de votre corps.

— Catie ! ai-je protesté, gênée.

Heureusement, Kitty et Mme Lee ont ri.

— Ben quoi, a protesté Catie. C'est Jason qui le dit. Je l'ai entendu.

— À propos, où est-il passé, ce garnement ? s'est interrogée sa grand-mère. Il faut qu'il essaie son smoking lui aussi.

— Je suis là, a annoncé l'intéressé en surgissant sur le seuil de la pièce.

Il était en train de bâfrer un saladier entier de céréales. Il avait bien dû y verser une boîte complète de Cheerios aux noisettes et au miel, de même qu'un litre de lait, son petit goûter quotidien.

— Jason ! a soupiré Kitty. Tu n'auras plus faim pour le dîner. Ta mère va être furieuse.

— T'inquiète, j'aurai encore de la place, d'ici là.

Sa grand-mère a secoué la tête. Comme Jason, elle a des yeux d'un bleu profond et elle est mince. Mais elle est plus petite, et au lieu d'avoir des cheveux bruns trop longs, elle a les siens coupés à la page, et ils sont aussi blancs que ceux de grand-père, ce qui explique pourquoi ils forment un si beau couple (quoi qu'en pense ma mère).

— C'est sûrement génial de pouvoir manger comme un ogre sans prendre un gramme, hein Stéphanie ? m'a-t-elle lancé avec un clin d'œil complice.

Je me suis retenue de riposter que, au moins, *nous* ne ressemblions pas à Shrek. Je ne crois pas que Kitty aurait beaucoup apprécié ce trait d'esprit. N'empêche, Jason aurait mérité de se prendre ça dans les dents pour s'être montré aussi désagréable avec moi au lycée ce jour-là.

Mme Lee lui a ordonné d'aller s'habiller dans la salle de bains. Lorsqu'il en a émergé, suivi par Pete et Robbie qui avaient remis leurs vêtements de tous les jours, il n'avait pas lâché son goûter. La vision de ce beau garçon en habit a déclenché quelques frissons en moi. Parce qu'il était sacrément élégant. Style James Bond, pour peu qu'on réussisse à imaginer James Bond engloutissant un plein saladier de céréales.

— Hé, mec ! s'est écrié Pete qui vénère Jason depuis que ce dernier mesure plus d'un mètre quatre-vingts et possède une voiture. La nouvelle série 5 a un moteur cinq litres, dix cylindres et une puissance de 373 KW. C'est de la bombe !

— Je sais, a répondu Jason, la bouche pleine.

— Et qu'en est-il de tes parents, Stéphanie ? s'est enquise Kitty avec une décontraction suspecte, tandis que Mme Lee s'affairait autour de Jason. Une petite chance qu'ils se joignent à nous samedi ?

— Je ne crois pas, ai-je avoué en évitant de la regarder.

J'aime vraiment beaucoup la future femme de grand-père, et l'attitude de mes parents m'embarrassait — celle de ma mère surtout, puisque mon père se contente de lui obéir. Ce mariage était bien plus important qu'un imbécile d'hypermarché venant d'ouvrir ses portes. Je ne comprends pas que ça échappe à ma mère.

— Tant pis, a murmuré Kitty en étouffant un soupir. On ne sait jamais. Il reste encore du temps. Je réserverai leurs places au repas, juste au cas où. Jason, mon chéri, tu as l'intention de te faire couper les cheveux avant les noces ou tu comptes les laisser pendouiller devant tes yeux comme ça ?

— J'envisageais de les porter ainsi, a-t-il répondu en rabattant ses mèches sur son visage, ce qui lui a donné l'air du chien des Snyder.

Ravis, Pete et Robbie ont éclaté de rire.

— Oh, Jason ! l'a gentiment réprimandé sa grand-mère, même s'il était clair qu'elle adorait qu'il se moque d'elle.

À cet instant, j'ai remarqué que Robbie venait de découvrir Monsieur Tout-Doux, le chat de Jason, et qu'il essayait de s'en emparer, tandis que Catie tentait de le lui arracher.

— Catie, laisse Monsieur Tout-Doux tranquille, tu vas salir ta robe ! ai-je crié.

Mme Lee et Kitty sont aussitôt passées à l'action. Lui prenant les mains, la couturière a entraîné ma sœur loin du chat noir, réputé pour perdre ses poils avec générosité (c'est un persan), tandis que Kitty détournait l'attention de Robbie — et Pete — en proposant de descendre manger des glaces. Bref, Jason et moi nous sommes retrouvés seuls, à nous mesurer du regard (après qu'il a eu rejeté ses cheveux en arrière, bien sûr) dans un silence pesant. C'était très bizarre, dans la mesure où Jason et moi n'avons jamais été gênés l'un en présence de l'autre. D'ordinaire, nous avons tant de choses à nous raconter, que c'est à celui qui aura terminé avant que l'autre l'interrompe. En revanche, ce mutisme…

Je ne crois pas que c'était à cause de la prestance que le smoking lui donnait. J'ai plutôt songé que cette nouvelle incapacité à communiquer était due au Livre. N'empêche, je ne pige pas pourquoi Jason n'est pas heureux pour moi. Après tout, j'ai réussi à amener les gens à m'envisager autrement que comme la fille qui a renversé sa limonade à la grenadine sur la jupe D&G de Lauren. Une fois populaire, je n'avais pas l'intention de les oublier, lui et Becca. Je comptais même les emmener avec moi à toutes les fiestas auxquelles je n'allais pas manquer d'être invitée. Alors, pourquoi était-il aussi furieux ?

C'est lui qui, le premier, a rompu le silence.

— Tu as vu ce qu'elle a fait ? a-t-il lancé, teigneux.

— Qui ? ai-je répondu, croyant qu'il parlait de sa grand-mère et me demandant quelle faute elle avait bien pu commettre.

— Ton amie Becca, a-t-il précisé en me montrant ses godasses, que Becca avait peinturlurées pendant la réunion. Jusqu'en haut ! s'est-il indigné. Elle les a gribouillées jusqu'en haut !

— Et alors, tu n'as plus de langue ? ai-je riposté, ahuri que cette bagatelle le mette dans des états pareils. Tu n'avais qu'à lui ordonner d'arrêter.

— Je ne voulais pas l'offenser. Tu la connais. Elle est tellement sensible !

— En tout cas, pas question que tu me fasses porter le chapeau.

— C'est quand même ta copine !

— La tienne aussi. Surtout quand il s'agit de t'accompagner chez Pizza Hut.

— Ah ! Un vrai cauchemar. Cette fille ne tourne pas rond, je te le jure. Elle est encore plus bizarre que…

Il s'est interrompu.

— Vas-y ! l'ai-je encouragé en lui jetant un regard réfrigérant.

— Non… rien. Écoute, il faut que je…

Brusquement, j'ai eu trop chaud, malgré la climatisation.

— Quoi ? ai-je grondé. Crache le morceau ! Plus bizarre que moi, c'est ça ? Je me trompe ?

Il a tourné la ceinture de son smoking afin de la dégrafer. Sans pour autant poser son saladier.

— C'est toi qui l'as dit, s'est-il défendu. Pas moi. Mais maintenant que tu en parles, oui. Que t'est-il arrivé ? Qu'est-ce que c'était, ce cirque, aujourd'hui ? Je croyais que tu détestais ce genre de trucs ?

— Viens ici que je m'occupe de ça, ai-je lancé, incapable de supporter davantage sa maladresse. Je ne vois pas ce qu'il y a de mal à montrer un peu d'enthousiasme pour les activités du lycée, ai-je ajouté en déroulant la large ceinture. Tout le monde n'apprécie pas d'être mis au ban de la société.

— Je pensais que tu aimais ça ! s'est-il écrié, sincèrement surpris. « Joyeux Noël, monsieur Potter », tu ne te rappelles pas ? C'était sympa de ne pas être intégrés, jusqu'à présent.

— D'accord, ai-je admis aussi gentiment que possible (histoire de jouer à fond la carte de l'empathie, comme recommandé par le Livre). C'est juste que... j'en ai marre d'être une Steph, si tu me suis.

— Mais c'est ton nom !

— Oui, et j'en ai ras-le-bol de cette Steph-là. J'ai envie d'être différente. Pas Crazytop, la reine du crime mal-coiffée, Steph Landry... mais une Steph Landry... populaire.

— Populaire ? a-t-il répété comme si c'était un gros mot. *Populaire ?*

Avant que j'aie eu le temps de m'expliquer, Mme Lee a surgi de la chambre.

— Stéphanie, m'a-t-elle lancé, agacée, pourrais-tu venir persuader ta sœur d'enlever sa robe, s'il te plaît ? Elle exige de la porter jusqu'au jour du mariage.

— Bien sûr. On se reparle plus tard, Jason, ai-je ajouté en lui tendant sa ceinture.

— C'est ça.

Il paraissait à la fois perdu et… blessé. Pourquoi diable, nom d'un chien ? Ce n'était pas lui que Lauren Moffat et sa clique de complices avaient empêché d'aller aux toilettes, deux jours durant, pendant le camp scout. Ce n'était pas lui, leur cible préférée pendant les parties de balle au prisonnier, celle qui devait éviter leurs coups vicieux. Personne en ville ne s'était jamais exclamé : « Arrête tes Jason ! » ou « T'es un vrai Jason ! » Il avait beau jeu de s'écrier : « Populaire ? » Il ignorait ce que c'était. Lui avait choisi de s'isoler. Il n'avait pas été rejeté par les autres. Avec son corps, cette maison, ces parents, il aurait pu ne pas être un asocial. Même, il aurait pu être aussi populaire que Mark Finley. Il lui aurait suffi de le vouloir.

Sauf qu'il ne le voulait pas.

Une chose que je ne comprendrai jamais. Jamais.

Les filles populaires ne s'autorisent jamais à :

1) se servir de leur apparence, de leurs aptitudes supérieures ou de leurs moyens financiers pour en imposer aux autres ;

2) laisser les garçons leur manquer de respect ;

3) cancaner ou proférer des choses blessantes sur quiconque ;

4) se moquer des autres filles.

Lundi 28 août,
19 heures Jour-J

Les enchères du talent sont bien engagées. Et pour que l'année scolaire commence sur les chapeaux de roue, financièrement parlant, elles sont prévues pour jeudi soir. Je le sais, grâce à un mail de Mark Finley.

Oui. Moi, Stéphanie Landry, j'ai reçu un message de Mark Finley.

J'ignorais qu'il avait mon adresse. Mais bon, j'imagine que quand on est Mark Finley, l'arrière de l'équipe de foot du lycée de Bloomville, le représentant des élèves de Terminale et le chéri de Lauren Moffat, il n'est pas très difficile d'obtenir l'adresse e-mail de qui que ce soit.

J'ai failli mourir quand, interrogeant ma boîte aux lettres sur l'ordinateur familial, j'ai découvert son nom. Ce n'était pas exactement un message d'amour ni rien. Juste un mot très factuel, très pro, pour me confirmer qu'il avait réservé le gymnase — qui peut accueillir plus de monde que l'auditorium — afin d'y tenir nos enchères, à dix-neuf heures jeudi soir. N'empêche, il émanait de Mark Finley. Mon premier mail signé par quelqu'un de populaire. Champagne !

Et pas le dernier, qui plus est ! Car pas mal de nouveaux volontaires m'ont également écrit. J'ai eu des offres variées, allant du baby-sitting à l'arrachage des souches, en passant par un concert d'accordéon à domicile. Je ne savais pas que les lycéens de Bloomville étaient aussi doués.

Malheureusement, j'ai remarqué ensuite que certains mails étaient des canulars. Leurs objets étaient intitulés KONAS ou DBIL. Tous provenaient d'un expéditeur utilisant comme pseudo *AMortLaSteff* (sic). Super ! Pas difficile de comprendre qui les avait envoyés, ce qui n'a en rien arrangé mon malaise. J'ai cliqué dessus. Bien obligée. Ne serait-ce que pour les effacer. « Pourquoi ne laisses-tu pas tomber et que tu ne vas pas retrouver tes potes les nullards, pauvre débile ? » demandait une missive, ni charmante ni correcte d'un point de vue syntaxique. « Arrête de faire de la lèche, t'as le nez tout marron ! » me conseillait une autre.

Oui, je l'avoue, c'était blessant, et mon cœur s'est serré. J'ai eu soudain des difficultés à respirer. Comment pouvait-on me haïr à ce point ? Je n'avais rien fait de mal — sauf mater mon voisin par la fenêtre, et saupoudrer de sucre la caboche de Lauren Moffat. Mais elle n'avait pas deviné que c'était moi. Et puis, c'était elle qui avait commencé, avec ses « Arrête tes Steph Landry. »

J'ai vu des films dans lesquels des filles reçoivent des mails teigneux de leurs pairs. Au cinéma, les héroïnes se mettent dans tous leurs états, fondent en larmes, impriment les messages et se précipitent vers leur mère pour tout leur raconter, puis ces dernières en parlent au proviseur du lycée qui jure de retrouver les coupables. Au cinéma, l'administration finit toujours par identifier et suspendre les vilaines qui, à la fin du film, présentent leurs excuses à leur victime. Ensuite, les ennemies jurées deviennent les meilleures amies du monde, cette histoire n'était qu'un affreux malentendu, généralement après qu'une jeune et jolie enseignante pour le personnage de laquelle la scénariste s'est inspirée d'elle-même est intervenue afin d'inciter toutes les donzelles de l'équipe à faire preuve de plus d'empathie les unes pour les autres.

Faut-il préciser que, dans la vraie vie, ça n'arrive jamais ? Les affreux qui expédient de méchants mails s'en sortent, et l'objet de leur vacherie n'a qu'à ravaler ses larmes et continuer à vivre en se demandant jusqu'à la fin de ses jours qui peut le détester avec autant d'acharnement. Il est condamné à ne jamais savoir la vérité, même s'il a quelques soupçons, à s'interroger sur ce qu'il aurait fallu faire ou dire pour être moins haï, à rester néanmoins dans le doute, puisqu'il ignore de toute façon ce qui a déclenché les hostilités.

Enfin, sauf moi. Dans ce cas-là, la victime a une idée assez juste de l'auteur des messages. Même si elle comprend mal qu'une bévue aussi ancienne, un simple accident, doive la hanter pour le restant de ses jours.

Je n'ai pas pleuré. Je ne me suis pas ruée vers ma mère. J'ai juste appuyé sur la touche Suppr.

Parce que, franchement, quelle importance ? J'avais eu droit à pire. Je n'allais pas paniquer sous prétexte qu'une personne n'ayant même pas le cran de signer ses insultes m'en voulait. Et puis, le Livre m'avait prévenue que, chaque fois que vous vous lanciez dans une entreprise destinée à bouleverser un ordre social établi, des gens se sentaient menacés, mis en danger, et essayaient de vous empêcher de continuer en vous intimidant ou en vous rejetant. Le Livre conseillait d'ignorer ces malheureux, dans la mesure où il n'y avait aucun moyen de s'arranger avec eux, puisque leurs craintes du changement relevaient de l'irrationnel.

Bref, que pouvais-je faire, sinon, supprimer, supprimer et encore supprimer ?

Puis j'ai reçu un mail de Becca.

Colleuse90 : Salut, c'est moi. C'était bizarre, aujourd'hui. Enfin, cool, mais bizarre. Je peux te demander quelque chose ? T'inquiète, ça n'a rien à voir avec toi. Tes enchères, s'entend.

Ma mère refuse d'installer une messagerie instantanée sur notre ordinateur, car elle estime que cette activité est un trou noir cérébral qui aspire notre cervelle et nous amène à perdre un nombre incalculable d'heures (pareil pour les chaînes de télé musicales, d'où le mot de passe). Donc, j'ai dû me borner à communiquer avec Becca par e-mails, en croisant les doigts pour qu'elle ne se déconnecte pas tout de suite.

StephLandry (Oui, je sais, telle est mon adresse. C'est ma mère la coupable.) : Bien sûr. Vas-y.

Dieu merci, elle était restée en ligne. Une minute plus tard, elle a répondu.

Colleuse90 : Super ! Bon, je me sens très bête de te parler de ça, mais pourrais-tu me rendre service et tâter le terrain auprès de Jason pour savoir s'il m'aime bien ?

J'ai contemplé l'écran. J'ai relu son message dix fois. Pourtant, je n'ai rien compris. Ou plutôt, si… sauf que je n'ai pas réussi à croire qu'il signifie ce que je pensais qu'il signifiait.

StephLandry : Évidemment, qu'il t'apprécie. Nous sommes amis, non ?

En attendant la suite, j'ai écouté Robbie discuter le bout de gras avec mon père, qui préparait des lasagnes pour le dîner. Robbie déteste ça — il refuse de manger du rouge — et plaidait pour du poulet à la place.

Colleuse90 : C'est bien le problème. Je voudrais que tu découvres s'il m'apprécie plus que comme une simple amie. À mon avis, oui. À midi, chez Pizza

Hut… tu n'étais pas là. N'empêche, j'ai senti des vibrations.

Des *vibrations* ? Qu'est-ce que c'était que ce délire ? Jason n'était pas du genre à émettre des signaux. Sauf son ordinaire je-meurs-de-faim-et-je-vais-bouffer-tout-ce-qui-passe-à-ma-portée.

StephLandry : Euh… tu dois te tromper, Bex. Jason en pince pour Kirsten, je te signale.

Dans la cuisine, Robbie perdait la bataille des lasagnes. Il allait être contraint de se replier sur son argument habituel : « Puisque c'est comme ça, je mangerai un sandwich au beurre de cacahuète ! »

Colleuse90 : Sois réaliste. Il n'est pas amoureux d'elle pour autant. Elle lui plaît, mais elle est en fac, il n'y a aucune chance qu'elle s'intéresse à lui. Même maintenant qu'il a une voiture. Sans charre, je crois sérieusement qu'il m'aime bien. Aimer, au sens avoir des vues sur moi. Tu as remarqué comment il m'a laissée dessiner sur ses chaussures pendant la réunion ?

Ômondieu ! La poisse ! Parce que, naturellement, Jason ne pouvait être épris de Becca. Même s'il ne s'était pas plaint auprès de moi de ses pompes gribouillées à peine deux heures auparavant, je savais pertinemment… depuis que je le connais, et ça remonte à la garderie, il ne s'est jamais attaché à une fille atteignable. Ça a toujours été Xena la princesse guerrière ou Lara Croft ou la mère de son pote Stuckey ou Fergie des *Black Eyed Peas*[1]. Aucune des nanas de l'école n'a jamais retenu son attention… je me rappelle trop bien sa réaction, en CM2. Non, il était improbable que Jason soit amoureux de Becca. Comment le lui annoncer sans la peiner ? J'ai tenté le coup.

StephLandry : Becca, as-tu oublié ce qu'il a raconté, l'autre soir, au sujet de « remuer le caca » et des gens qui sortaient ensemble au lycée ?

Son argument suivant n'a pas tardé.

Colleuse90 : Il a juste affirmé qu'il était idiot d'espérer trouver son âme sœur au bahut. Mais qu'il était d'accord pour sortir avec quelqu'un (cinéma, balades, etc.). Je ne demande rien d'autre. Pour l'instant. En attendant qu'il comprenne que… que je suis « la bonne ».

La bonne ? Flûte, c'était encore pire que ce que j'avais imaginé.

StephLandry : Ne le prends pas mal, Becca, j'adore Jason, c'est un ami. De là à croire qu'il est ton « bon »… franchement, j'ai des doutes. D'abord, Jason ne supporte pas les collages. Il n'a pas une once de créativité.

1. Groupe de hip-hop américain originaire de Los Angeles et formé en 1995. Fergie en est la pulpeuse chanteuse.

Ne penses-tu pas que ton « bon » serait... je ne sais pas, moi... qu'il aimerait l'art plutôt que le golf ?

Malheureusement, elle avait une réponse à ça aussi.

Colleuse90 : Il déteste l'art parce qu'il n'y a pas été assez exposé.

StephLandry : Sa grand-mère l'a traîné au Louvre l'été dernier ! Et son seul commentaire a été qu'il serait géant d'y installer un parcours de neuf trous !

Colleuse90 : Qu'essaies-tu de me dire, Steph ? Que Jason ne m'aime pas « comme ça » ?

OUI ! ai-je eu envie d'écrire. C'est exactement mon opinion. Mais ça aurait été trop dur. Même si c'était la vérité. À la place, je me suis contentée d'un :

StephLandry : Je pense juste que tu devrais garder l'esprit ouvert et ne pas mettre tous tes œufs dans le même panier. *(Ayant grandi dans une ferme, Becca aimerait cette expression.)* Il existe d'autres garçons. Mais d'accord, j'interrogerai Jason. Avec subtilité, rassure-toi. Cependant, j'estime que tu devrais te préparer à affronter la dure vérité — Jason garde son cœur pour Kirsten. Ou une fille qu'il rencontrera en fac.

Las, Becca a totalement occulté mes avertissements et n'a vu que la partie où je promettais d'enquêter.

Colleuse90 : MERCI BEAUCOUP, STEPH ! Tu es une super copine. Rien que pour ça, j'ai décidé de suivre ton conseil et de m'inscrire aux enchères. Tu as raison, me semble-t-il, des tas de gens seraient ravis d'être initiés au collage. Je vais proposer trois heures de cours. Qu'est-ce que tu en dis ?

Que personne n'enchérirait. Sauf sa mère. Malgré tout, j'ai affiché mon enthousiasme et je l'ai remerciée.

Je me déconnectais quand ma mère est arrivée de la boutique, exaspérée par les maigres recettes de la journée, comme d'habitude.

— Combien avons-nous gagné, l'an passé à la même date ? m'a-t-elle demandé en accrochant son sac et ses clés de voiture aux crochets prévus à cet effet près de la porte d'entrée.

J'ai gémi, histoire qu'elle comprenne qu'elle me barbait, alors que, en réalité, je tâchais d'éviter de lui répondre, sachant qu'elle n'en serait que plus déconfite. Je ne m'étais pas trompée. Elle m'a obligée à consulter le fichier Excel que j'ai créé exprès pour ça — la différence était de soixante dollars. En moins.

— Ce n'est pas énorme, ai-je tenté de la rassurer. Ça n'a sûrement aucun rapport avec l'hypermarché.

Elle a ignoré mes paroles apaisantes.

— Flûte ! s'est-elle lamentée. J'aurais vraiment besoin d'un bon verre.

— Tu devrais songer à installer ce café dont nous avons parlé. Puisque la confiserie a fermé…

— Ben tiens ! m'a-t-elle interrompue en tirant un sachet de caramels de leur cachette. (Pas aussi secrète qu'elle aimerait le croire. Cependant, elle se moque que je la connaisse, car je ne m'empiffrerais jamais, étant trop soucieuse de garder la ligne, contrairement à mes frères et sœurs.) C'est l'hypermarché qui les a mis sur la paille ! a-t-elle poursuivi en s'octroyant une généreuse poignée de bonbons.

Ce n'est pas vraiment exact. La confiserie a mis la clé sous la porte l'an dernier après qu'un vieux tuyau d'évacuation a explosé à l'étage supérieur, détruisant tout leur stock. Malheureusement, inutile de discuter avec une personne aux humeurs aussi changeantes que ma mère (hormones obligent).

— Il ne serait pas difficile d'abattre la cloison, ai-je insisté. Les deux magasins sont mitoyens…

— Où prendrais-je l'argent, Stéphanie ? Et je t'interdis de mentionner grand-père ! Il est hors de question que je m'abaisse à faire des courbettes devant cet homme pour lui soutirer sa fortune. Contrairement aux autres habitants de cette ville, j'ai ma dignité.

Houlà ! Quelle susceptibilité !

J'aurais bien aimé lui dire de ne pas s'inquiéter, que tout allait s'arranger. Car j'avais un plan qui risquait de nous rapporter des tas de clients. Sauf que je ne voulais pas non plus me porter la poisse. Je l'ai donc bouclée et suis allée dans la cuisine préparer un sandwich au beurre de cacahuète à Robbie, parce que j'en avais ma claque de l'entendre répéter à tout bout de champ qu'il ne mangerait pas les lasagnes de p'pa.

Vous pensez avoir rencontré le garçon de vos rêves, mais il semble ne pas savoir que vous existez ?

Pas de problème !

Le meilleur moyen d'attirer l'attention du sexe opposé est de SOURIRE !

Opération sourire :

Le pouvoir d'un sourire est hallucinant, il faut donc éviter d'en faire des tonnes. Un simple sourire éblouissant à l'adresse de votre chéri sera plus efficace que n'importe quoi d'autre.

Alors, brossez-moi ces rangées de perles blanches, et entraînez-vous... puis, la prochaine fois que vous le croiserez dans le couloir, montrez vos fossettes !

Il est à parier qu'il vous demandera votre numéro de téléphone avant la fin de la semaine.

Mardi 29 août,
13 h 30 Deuxième jour de popularité

Mark Finley m'a reparlé, aujourd'hui à la cafète.

Je m'efforçais d'amener Darlene à discuter d'autre chose que des quelques sujets qu'elle domine — le maquillage et les films de Brittany Murphy[1] (je venais d'épuiser tout ce qu'il y avait à raconter sur *8 Mile*, soutenue par les courtisans de Darlene dont quelques-uns n'avaient pas hésité à affirmer que leur passage préféré était celui de l'usine, lorsque Brittany se lèche la main) — quand un des gars a lancé :

— Tiens ! Mark ! Salut !

J'ai levé les yeux. Le roi du lycée se tenait près de moi.

---

1. Actrice ayant commencé sa carrière dès l'âge de treize ans (nombreuses sitcoms télé et publicités) puis s'étant spécialisée dans les rôles d'adolescente marginale ou aguicheuse, elle incarne la petite amie du jeune rappeur de banlieue (joué par Eminem) dans *8 Mile*.

— Salut ! m'a-t-il dit en attrapant un siège à la table voisine. Génial, ton prospectus.

Oui. Mark Finley a enfourché une chaise pour me parler, à moi en particulier. MOI. Alors que je n'arrive pas à manger avec Jason et Becca. Jason, qui ne s'est pas encore remis de posséder une voiture et de pouvoir quitter le campus tous les jours insiste pour déjeuner à l'extérieur ; quant à Becca, convaincue que Jason est son « bon », elle le suit partout, même si, aujourd'hui, il a invité son copain Stuckey à les accompagner, alors que Becca ne supporte pas ce dernier, qui a tendance à pérorer sans fin sur les heures les plus glorieuses des matchs de basket de l'université de l'Indiana. Il est clair qu'ils n'ont pas envie de partager mes repas. Et tant mieux, à en juger par l'abomination qu'a représentée le trajet jusqu'au bahut ce matin.

Non seulement Jason a passé son temps à commenter ma tenue vestimentaire — « Elle est bizarre cette jupe. Pourquoi est-elle si courte ? Comment vas-tu courir si Gordon Wu flanque une nouvelle fois le feu au labo, et que nous devons l'évacuer en vitesse ? » —, mais voilà que Becca n'ouvre plus la bouche en sa présence, étant trop timide pour parler à son « bon ». J'ai dû me taper toute la conversation. Je préférerais encore prendre le bus.

Heureusement, Mark Finley, lui, ne me fuit pas. Pas du tout, même.

— Oh ! me suis-je exclamée en rougissant. (Il avait eu beau m'envoyer un mail la veille, discuter avec

Mark Finley en personne reste quelque chose de... complètement différent. À cause de ses yeux. Ils semblaient plus lumineux que d'habitude.) Ce n'était rien du tout, ai-je humblement ajouté.

Tu parles ! Cet encart destiné à faire la promotion des enchères m'avait pris la moitié de la soirée. J'avais été obligée de bâcler mes devoirs, mais ça avait valu la peine, puisque j'avais fini par obtenir une pub presque professionnelle... heureusement d'ailleurs, vu que j'allais acheter un espace dans le journal local pour annoncer la soirée du jeudi, et qu'il me fallait quelque chose qui attire l'œil des clients potentiels.

J'aurais sûrement pu en appeler à ma mère, dans la mesure où les réclames et la décoration de vitrines sont son point fort — le seul, à la réflexion, en ce qui concerne la gestion de la boutique. Elle est très douée pour deviner ce qui, à Bloomville, se vendra comme des petits pains — les biographies et les poupées Madame Alexander — et ce qui fera un flop — les livres à sensation et les produits de chez Sanrio[1] —, et elle a un bon contact avec la clientèle. En revanche, elle est nulle pour la comptabilité et le règlement des factures. Dieu merci, je suis là pour veiller au grain. Ce qui est d'autant plus vrai, maintenant qu'elle a fichu grand-père à la porte. Quoi qu'il en soit, je ne tenais pas à ce qu'elle apprenne ce que je mijotais.

---

1. Fabricant japonais de petits personnages qui font fureur en Asie, bien qu'ils restent peu connus en France. Le produit phare de la marque est le petite chatte blanche Hello Kitty.

Non qu'elle ne se doute pas de quelque chose. Surtout quand, ce matin, je suis descendue à la cuisine habillée d'une de mes jupes droites.

— Tu vas où, comme ça ? m'a-t-elle demandé. Au *lycée* ?

Visiblement, je n'ai que trop longtemps vécu en jeans et sweat-shirts.

— L'annonce devrait paraître demain, ai-je annoncé à Mark. Je l'ai faxée au journal aujourd'hui à la première heure. Avec un peu de chance, elle nous amènera des tas d'enchérisseurs.

— J'en suis sûr, a-t-il acquiescé en me décochant cette moue en coin qui provoque toujours les tressautements de mon cœur.

Un coup d'œil par-dessus son épaule m'a appris que Lauren faisait mine d'être absorbée dans une conversation sur son feuilleton préféré, *Passions*, avec Alyssa Krueger. Néanmoins, elle ne cessait de nous zyeuter, Mark et moi.

— Ça va être géant, a enchaîné mon voisin. Les gens sont chauds. La ville entière ne parle que de ça.

— Super ! ai-je renchéri en lui adressant mon sourire le plus étincelant.

Hélas, il n'a pas semblé le remarquer. Peut-être parce que, au même moment, Todd a lancé :

— Hé, Mark ! Tu seras à la teuf, vendredi soir, aux carrières ?

— Bien sûr ! Je n'ai jamais manqué une des bringues de Todd Rubin pour fêter la rentrée, non ?

— Vendredi ? est intervenue Darlene. Il est censé pleuvoir, ce jour-là.

Nous l'avons tous dévisagée avec surprise, tant ça lui ressemble peu d'être au courant de détails aussi triviaux. Nous avons cependant vite compris que cette inhabituelle curiosité ne relevait pas d'un intérêt soudain pour les phénomènes météorologiques.

— Je regarde toujours les prévisions à cinq jours avant de mettre au point mon planning bronzage au lac, a-t-elle précisé devant nos airs ahuris.

Voilà qui expliquait tout, en effet.

— Impossible d'organiser une fiesta s'il pleut, a ronchonné Jeremy Stuhl.

— Bah, je trouverai une solution, a plastronné Todd, pas très sûr de lui cependant.

À cet instant, Lauren a surgi derrière Mark.

— Mark chéri, a-t-elle minaudé, tu as tes clés ? Je crois que j'ai oublié mon CD de Carrie Underwood[1] dans ta voiture, et Alyssa souhaite me l'emprunter. Oh, salut, Steph, a-t-elle ensuite ajouté, comme si elle venait juste de s'apercevoir de ma présence.

— Salut, Lauren.

Puis j'ai attendu qu'elle lâche sa première salve de vacheries. Qu'est-ce que ce serait, cette fois ? « Joli collier. Ce n'est pas en or véritable, hein ? C'est d'un Steph ! » Ou alors : « Tu as choisi la salade du chef ? Que se passe-t-il ? Tu as peur que ton derrière déborde de la cantine ? Pauvre Steph, va ! » Mais elle n'a rien

1. Candidate ayant remporté en 2005 l'émission de télé-réalité *À la recherche de la nouvelle star* (version américaine).

dit de tel. Au lieu de cela, enroulant ses mains autour du biceps de Mark, elle a susurré :

— Mon père attend les enchères avec impatience. Devine qui il a l'intention d'acheter ?

— Qui ? a demandé son petit ami, avec un étonnement charmant.

— Toi, gros bêta ! s'est exclamée la peste en rejetant la tête en arrière et en partant d'un « fou rire contagieux ».

Enfin, je crois qu'on appelle ça comme ça.

— Mais je bosserais gratuitement pour lui, bébé ! a protesté Mark, tout ce qu'il y a de sérieux.

— Ne lui dis surtout jamais ça, malheureux ! Il serait capable de te coincer au garage tous les jours. As-tu la moindre idée du nombre d'affaires que tu rapporterais, chéri ? L'arrière de l'équipe de foot locale. Surtout si vous atteignez les championnats nationaux, les gars.

Les chances que les Poissons-Chats arrivent à ce niveau étaient des plus minces, et personne n'était dupe, Mark compris, il me semble. Cela ne nous a pas empêchés d'acquiescer comme un seul homme avec une conviction des plus persuasives.

— En tout cas, bébé, ce serait génial que ton père m'achète.

Lauren a paru au septième ciel.

Malgré moi, j'ai eu un peu pitié d'elle. Parce qu'il était exclu que le paternel de Lauren Moffat s'offre les services de Mark Finley, ce jeudi soir. Pas si moi et le portefeuille d'Émile Kazoulis y mettions notre grain de sel.

Les yeux sont votre botte secrète !

Vous n'en avez sans doute pas conscience, mais ils sont votre outil le plus efficace dans l'art de cultiver votre popularité.

Les gens qui ne fuient pas le regard des autres sont considérés comme des meneurs. Alors, la prochaine fois que quelqu'un plonge ses prunelles dans les vôtres, ne soyez pas timide — faites-en autant !

Et prenez soin de vous maquiller de façon que vos yeux deviennent votre principal atout (n'exagérez quand même pas !) et captivent votre entourage sous l'effet de leur charme hypnotique.

Mardi 29 août,
16 heures Deuxième jour de popularité

J'ai l'impression d'être morte et montée au paradis.

Certes, ça ne se présentait pas très bien, au départ. Car quand je suis arrivée sur le parking après les cours, j'ai constaté que la voiture de Jason n'était plus là. Puis j'ai remarqué Becca, debout près des garages à vélo, l'air encore plus malheureux que lorsqu'elle a découvert que Craig, de la série *Les Années collège*, sortait avec deux filles en même temps.

— Où est le nasique ? lui ai-je demandé.

Ça a suffi à ouvrir les vannes.

— Il a dit qu'il avait une course importante à faire pour le mariage de sa grand-mère, a-t-elle sangloté, et qu'il était désolé mais qu'il n'avait pas le temps de nous ramener à la maison, et que nous n'avions qu'à prendre le bus. Le bus ! Comment a-t-il osé, Steph ? Le BUS !

J'ai trouvé qu'elle en rajoutait un peu dans le drame, bien que je comprenne ce qu'elle ressent. Une fois qu'on a pris l'habitude de se rendre au lycée en BMW, être relégué au bus de ramassage scolaire est quelque peu difficile. Même si l'on en a marre d'écouter les Bee Gees.

— Ne t'inquiète pas, l'ai-je consolée en lui tapotant le bras. La situation est un peu dingue, en ce moment, avec ces noces et tout le tralala…

— Il mentait ! m'a-t-elle coupée en essuyant ses yeux de son poing. Il a pris Stuckey avec lui. STUCKEY ! Devine ce dont a parlé ce demeuré durant tout le déjeuner, aujourd'hui ! Des championnats inter-universitaires 1987. Il n'était même pas né, à cette époque. Pourtant, il en connaît le moindre détail idiot. Il n'a pas arrêté de blablater. Pourtant, Jason l'a emmené et pas nous. Je crois qu'il ne veut plus de notre compagnie. Moi, parce que je ne dis presque plus rien, vu que je l'aime, et toi, parce que tu es tellement…

Elle s'est interrompue, s'est mordu les lèvres.

— Tellement quoi ? ai-je insisté, alors que je voyais très bien où elle voulait en venir.

— Tu te comportes bizarrement ! s'est-elle écriée, comme si c'était un soulagement que de finir par cracher le morceau. Enfin quoi, tu bouffes avec Darlene Staggs ! Quelle pouffiasse, celle-là !

— Hé, mollo, Darlene n'est pas une pouffiasse. Ce n'est pas parce qu'elle a des gros seins…

— Ils sont faux !

— Quand bien même, ce n'est pas une raison pour la juger. Darlene est vraiment gentille. Tu le saurais si tu mangeais avec moi.

— Ces gens ne m'adressent pas la parole. Pour eux, je suis encore la paysanne mal dégrossie qui s'endormait en classe.

— Eh bien, tu devrais leur montrer que ce n'est plus vrai. Et maintenant, allons-y avant de louper…

C'est là que j'ai lâché un juron dont j'allais devoir toucher un mot au père O'Dohan le dimanche suivant.

— Quoi ? a demandé Becca. Que se passe-t-il ?

— Nous avons raté le bus, ai-je maugréé en consultant ma montre.

— Qu'est-ce qu'on va faire ? a gémi mon amie (non sans avoir au préalable répété mon juron).

Le soleil tapait fort, sur le parking. Mon brushing menaçait de se mettre à friser.

— Pas de souci, me suis-je ressaisie. Je vais appeler mon père, et il viendra nous chercher.

— Manquait plus que ça !

Je ne me suis pas vexée, car je suis d'accord avec elle — il n'y a rien de pire que de devoir réquisitionner son père afin qu'il passe vous prendre devant le lycée dans sa camionnette familiale. Heureusement, un miracle s'est soudain produit.

— Hé, Steph ! a appelé une voix familière (et néanmoins étrangement envoûtante).

Je savais qui c'était avant même de virevolter sur mes talons, parce que le plaisir provoqué par cette basse m'avait donné la chair de poule.

— Mark ! ai-je lancé, le plus calmement possible.

La déception m'a submergée quand j'ai constaté qu'il était avec Lauren et Alyssa. Mais bon. Je m'attendais à quoi, hein ? C'est le garçon le plus populaire du bahut. Il ne va nulle part tout seul. N'empêche, à partir de là, la situation a commencé à s'améliorer...

— Que se passe-t-il ? a demandé Mark en notant les larmes de Becca (qui étaient difficiles à louper, en dépit de ses efforts pour les sécher). Vous êtes coincées ici ?

— Quelque chose comme ça, ai-je répondu avec un sourire que seul lui m'a retourné.

Les deux Mygales se sont contentées de me toiser avec dédain. Je m'en fichais. Le Livre m'avait appris que la meilleure réaction dans ces cas-là était de sourire quand même.

— La barbe ! s'est exclamé leur compagnon dont les yeux étaient cachés par des Ray-Ban. Je vous ramènerais volontiers chez vous, mais j'ai un entraînement. J'accompagnais seulement Lauren à sa voiture.

— Ne t'inquiète pas pour nous, ai-je lancé avec désinvolture (enfin, j'espère), nous nous débrouillerons.

— J'ai une idée ! (J'ai pigé tout de suite, sans l'ombre d'un doute, ce qu'il allait proposer. Peut-être parce qu'il est MON « bon ».) Pourquoi ne les prends-tu pas avec toi, bébé ? a-t-il demandé à Lauren.

Mark doit également être le « bon » de Lauren, car elle aussi avait anticipé — elle tenait sa réponse toute prête. Du moins, c'est l'impression que j'ai eue, vu la vitesse à laquelle elle s'est écriée :

— Oh, ce serait avec plaisir, chéri, mais elles habitent en ville ! Tu sais quel détour ça m'obligerait à faire.

Ce qui est vrai. La famille de Lauren vit dans une résidence d'immenses villas de construction récente (une réserve pour riches), à cinq kilomètres des maisons fin de siècle (le XIXe, pas le XXe) dans lesquelles Becca et moi logeons, près du palais de justice.

— Tu n'avais pas l'intention d'aller dans le centre-ville acheter des fringues pour la bringue de vendredi ? a objecté son amoureux. J'ai cru vous entendre en discuter.

Il l'avait coincée, et elle en était consciente. Mark n'avait pas caché à quel point il trouvait brillante mon idée des enchères. Devant lui, Lauren n'a pas osé me voler dans les plumes.

— J'avais oublié, a-t-elle admis avec un sourire forcé. Alors, les filles, je vous ramène ?

— Merci, Lauren, ai-je minaudé, toujours aussi décontractée (enfin, j'ai prié pour), tandis que, à côté de moi, Becca avalait sa salive.

— Super ! a lancé Mark.

Là-dessus, le super petit copain nous a escortées toutes les quatre jusqu'au cabriolet rouge qui étincelait sous le soleil. Il a soulevé le siège avant pour que Becca et moi puissions grimper à l'arrière (Becca était si ahurie qu'elle ne s'est pas rappelée d'émettre ses protestations habituelles en vue d'obtenir le privilège de s'asseoir devant), puis a aidé Lauren à s'installer derrière le volant, aussi délicatement que si elle avait été une poupée de porcelaine.

— À plus, chérie, lui a-t-il dit en se penchant pour l'embrasser.

— Bon entraînement, a-t-elle pépié en agitant ses doigts aux ongles manucurés.

Et nous sommes parties. C'est ainsi que Becca et moi nous sommes retrouvées à voyager dans la BMW de Lauren Moffat. J'avoue, je m'attendais plus ou moins à ce que, au premier carrefour, dès que Mark ne pourrait plus nous apercevoir, elle freine brutalement et nous largue sur un ton aussi lugubre que celui du fantôme dans *Amityville, la maison du diable*. Mais non. Elle a entamé la conversation, mademoiselle-politesse-incarnée. Lauren Moffat s'est mise à discuter de tout et de rien avec moi ! Dingue !

— Vous ne venez pas au lycée avec ce type, d'habitude ? nous a-t-elle demandé. Jason, je crois. Où est-il passé ?

J'ai adoré le « Jason, je crois ». Comme si Lauren n'avait pas été sa voisine de classe durant tout notre CE1, jouant la Blanche-Neige de son Prince charmant dans la pièce de fin d'année (j'avais écopé du rôle de la marâtre ; j'avoue, j'avais pleuré en voyant m'échapper le personnage de la jeune héroïne, jusqu'à ce que grand-père me rappelle que, sans la méchante belle-mère, il n'y aurait pas eu d'histoire, et que, par conséquent, c'était moi qui avais le rôle principal).

— Il avait des courses à faire, ai-je expliqué.

— Pour sa grand-mère, a précisé Becca. Elle épouse le grand-père de Stéphanie ce week-end.

Houlà ! Inutile d'en raconter autant. Je lui ai jeté un coup d'œil d'avertissement, mais elle était partie, et son débit atteignait celui de la rivière de Bloomville en période de crue.

— Steph sera demoiselle d'honneur, a-t-elle enchaîné. Et Jason garçon d'honneur.

— Ce n'est pas un peu incestueux ? a plaisanté Lauren en regardant Alyssa.

Celle-ci, qui sirotait son sixième Coca sans sucre de la journée, a étouffé un ricanement.

— Comment ça ? s'est étonnée Becca.

— Eh bien, Steph et Jason ne sortent pas ensemble ?

— QUOI ? s'est récriée Becca, l'air d'avoir pris une gifle en pleine figure. Non, bien sûr que non !

— Vraiment ? a insisté Lauren en me scrutant dans le rétroviseur. J'ai toujours cru que si, pourtant. Vous êtes comme des siamois depuis la crèche, non, Steph ?

— Nous sommes amis, me suis-je bornée à préciser en soutenant son regard.

— *Juste* amis, a insisté Becca en se penchant en avant. Jason est libre.

D'accord, elle est persuadée qu'il est son « bon », mais était-il nécessaire d'en faire autant ?

— Oh ! a soupiré Lauren avec un nouveau sourire complice à Alyssa. J'en suis ravie, alors.

— Oui, a renchéri sa voisine en terminant son soda. Une proie comme lui, quel délice !

Sur ce, elles ont cédé à un rire à moitié hystérique. J'étais furibonde. Certes, Jason est un peu bizarre. Mais il est mon bizarre à *moi*. Comment osaient-elles se moquer de lui ? Et puis, Becca m'avait agacée. Ne pouvait-elle donc pas être un peu plus cool ?

Lauren a prétendu ignorer mon adresse, bien que je lui aie rappelé qu'elle était déjà venue chez moi. Elle a affirmé n'avoir aucun souvenir du pain brûlé ni des Barbies de la Marine. Le Livre ne mentionne nullement qu'il est nécessaire de souffrir d'amnésie sélective pour devenir populaire, même si c'est une étape cruciale du processus. Il est en effet indispensable d'oublier les vacheries que les gens vous ont infligées afin d'avancer vers un futur radieux. Quand tout cela sera fini, quand je serai populaire, j'écrirai peut-être mon propre manuel.

Un instant ! Je suis *déjà* populaire. Lauren Moffat vient juste de me ramener chez moi.

Et elle n'a même pas été trop garce.

Finalement, que Jason panique et refuse désormais de me trimbaler en voiture, c'est sûrement ce qu'il pouvait m'arriver de mieux.

Comme les planètes tournent autour du Soleil, les gens évoluent à proximité des êtres solaires !

Qui n'apprécie pas de fréquenter quelqu'un de joyeux et d'amène ? Personne ! Voilà pourquoi, si vous souhaitez devenir populaire, il est important que vous émettiez une aura d'enthousiasme et d'allégresse, quelle que soit la situation à laquelle vous êtes confrontée.

Ne laissez pas les nuages obscurcir vos perspectives de vie ! Maintenez votre horizon dégagé et votre moral au beau fixe, et les autres se battront pour profiter de votre rayonnement.

Mardi 29 août,
23 heures Deuxième jour de popularité

Tout le monde ne trouve pas positif le faux bond de Jason. Becca est à deux doigts de criser.

Colleuse90 : Tu lui as parlé ? Il a dit quelque chose ? À mon sujet, s'entend ?

StephLandry : Et comment je lui aurais parlé, hein ? Tu sais bien que je ne l'ai pas plus revu que toi.

Ce qui est un mensonge éhonté. Je l'ai épié, une demi-heure plus tôt, en train de se déshabiller, dans sa chambre. Mais je n'avais pas plus l'intention de confier ce détail au père O'Dohan, auquel je raconte pourtant (presque) tout, qu'à Becca.

Colleuse90 : Que va-t-il se passer, demain matin, à ton avis ? On va devoir prendre le bus ?

StephLandry : J'ai comme l'impression qu'on aurait intérêt à se préparer à cette éventualité.

Colleuse90 : Des clous ! Mon père nous emmènera. Bon sang ! Pourquoi Jason nous inflige-t-il cela ? Tu crois que c'est parce qu'il a pris conscience de ses sentiments pour moi et qu'il ne supporte plus ma compagnie, vu qu'il ne pourra jamais sortir avec moi, vu qu'il ignore que j'éprouve la même chose pour lui ?

Becca a trop lu les romans à l'eau de rose de Kitty que je lui ai prêtés. Pourvu qu'elle ne soit pas encore arrivée aux turqueries. Parce que, à coup sûr, elle va interroger ses parents sur ce qu'elles signifient, et je suis bonne pour avoir des ennuis.

StephLandry : Euh… peut-être.

Colleuse90 : Tu lui poseras la question, s'il te plaît ? Attends ! Si ça se trouve, il ne te dira rien non plus. Je devrais sans doute demander à Stuckey de se renseigner. Qu'en penses-tu ?

StephLandry : Tu as raison. Parles-en à Stuckey.

Tout ce qu'elle voudra, du moment qu'elle me fiche la paix.

Colleuse90 : Je m'y colle demain. Stuckey est en physique avec moi. Merci, Steph ! C'est toi la meilleure.

Malheureusement, il n'y a que Becca qui ait cette opinion, car j'ai reçu de nouveaux mails AMortLaSteff. Génial. Trop génial. Si je n'avais pas le loisir de mater Jason par la fenêtre tous les soirs, je crois que je craquerais. D'accord, je sais que ce n'est pas bien. Je SAIS. Mais la vision qu'il offre en caleçon me remplit d'une sérénité profonde qui m'apaise. Elle me rappelle un peu le calme que j'ai éprouvé la fois où j'ai dû porter son slip Batman parce que ma culotte était mouillée. Qu'est-ce que ça peut bien signifier ?

Ne soyez pas snob !

Personne n'aime beaucoup les arrogantes qui traitent le monde de haut sous prétexte de leur prétendue supériorité.

Certes, personne ne part dans la vie avec les mêmes chances, que ce soit en matière de physique, d'intelligence, d'aptitudes sportives ou de santé.

Nonobstant, en admettant que vous soyez mieux dotée que d'autres dans une ou plusieurs de ces catégories, ce n'est pas une raison pour penser que vous valez mieux qu'eux.

Qui souhaite la popularité s'entraîne à la modestie et laisse son entourage mettre en valeur ses propres dons. Jamais au grand jamais une fille populaire ne chante ses propres louanges.

Mercredi 30 août,
9 heures Troisième jour de popularité

Finalement, Jason s'est garé devant chez moi ce matin, pendant que j'attendais que M. Taylor passe me chercher avec Becca pour nous emmener au lycée.

La vitre côté conducteur s'est baissée, et j'ai été assaillie par la voix de Roberta Flack[1].

— Chouette futal, a dit Jason en remarquant mon jean noir délavé en stretch.

— Merci. (J'avoue que je me trouve moi-même plutôt pas mal dedans.)

— Alors, a-t-il ajouté au bout d'une minute, tu montes ou quoi ? Et où est Bex ?

— C'est son père qui nous accompagne, ce matin. Après ce qui s'est passé hier, nous avons cru comprendre que tu n'étais plus intéressé par le poste.

1. Célèbre chanteuse de jazz et pop afro-américaine (née en 1937) qui a connu un immense succès dans les années 70.

— Quel poste ?

— Celui de chauffeur de ces dames.

Il a écarté quelques mèches de ses yeux. Kitty a raison, il est vraiment temps qu'il aille chez le coiffeur.

— Je lui ai expliqué que j'avais des courses à faire, a-t-il riposté avec ce qui m'a semblé être un sang-froid de façade. Ça ne signifie pas que je ne veux plus de vous dans ma voiture. Hier, j'étais pris, c'est tout.

— C'est ça.

— Je devais aller chercher les cartons pour placer les gens à table chez le type qui s'occupe de les calligraphier. Pour la réception.

— Bien sûr.

— Et après, je suis passé déposer des trucs chez l'imprimeur. Ce n'est pas comme si vous ne pouviez pas prendre le bus. Il vous dépose pratiquement devant chez vous.

— En effet. Sauf que, pour arriver à temps à la grille principale, il aurait fallu que tu nous préviennes.

— Vous l'avez raté ? s'est-il exclamé, les yeux ronds.

— Oui. Tranquillise-toi, Lauren Moffat nous a ramenées.

— Dans sa 645 CII ? a-t-il blêmi.

— Exactement.

— Qu'est-ce qui se passe, bon sang ! a-t-il rugi en abattant son poing sur le volant.

Aïe ! Notre rue est très calme. Des tas de vieux friqués y vivent, même si ma famille n'est ni franchement aisée ni particulièrement âgée. Les rideaux ont bougé à la fenêtre de Mme Hoadley qui essayait de voir de quoi il retournait. Habiter en face d'une tribu de sept personnes (bientôt huit) n'est pas très facile pour elle. D'ailleurs, à Halloween, ma mère nous oblige à jeter toutes les friandises qu'elle nous donne, par peur qu'elles soient empoisonnées. Mais comme, pour une riche, Mme Hoadley est sacrément radine et ne nous refile que de vieux biscuits rassis, ça nous est bien égal. En tout cas, Jason a paru se moquer comme de l'an quarante que son coup d'éclat ait attiré l'attention de nos voisins séniles.

— Qu'est-ce qu'il t'arrive ? a-t-il braillé. Pourquoi tu te comportes de manière aussi zarbi ?

— Je pourrais te retourner la question.

— Je me conduis normalement, moi ! Pas toi. Ni Becca. Elle me suit partout. Un vrai crétin de chiot ! Quant à toi, depuis quand acceptes-tu que Lauren Moffat te ramène ?

À cet instant, la Cadillac des Taylor est venue se ranger derrière la Béhème. Heureusement, les vitres étaient fermées, sinon Becca aurait entendu ce que Jason venait de beugler à son sujet. Derrière le pare-brise, M. Taylor, complètement endormi, a contemplé la voiture de Jason garée au milieu de la chaussée. Il a doucement klaxonné.

— Voici mon chauffeur, ai-je lancé à Jason. Je me sauve.

Et je l'ai planté là pour me glisser sur la banquette arrière de la Cadillac où l'air conditionné créait une agréable fraîcheur, et où aucune chanteuse ne se plaignait de se consumer d'amour à petit feu — un vrai bonheur. M. Taylor n'écoute que la radio.

— Qu'est-ce que Jason fiche ici ? s'est exclamée Becca, tout excitée. Il est venu nous chercher ? On y va ? Euh… désolée, papa, mais…

Déjà, elle attrapait la poignée de sa portière.

— Attends ! Ne…

— Mais s'il veut nous emmener, autant lui…

Par bonheur, juste à ce moment, Jason a appuyé sur le champignon et a dégagé.

— Ah ! a gémi Becca. Il est parti sans nous.

— C'est mieux ainsi, crois-moi.

— Je ne comprends pas très bien ce qui se passe, les filles, a bougonné M. Taylor d'une voix assoupie, mais puis-je vous conduire au lycée et retourner me coucher ?

— Oui, monsieur. Excusez-nous. Jason est seulement de mauvais poil.

— Il a parlé de moi ? s'est enquise Becca en reprenant espoir.

— Euh… non. Pas vraiment.

— Flûte ! a-t-elle ronchonné avant de s'affaler sur son siège.

Tant pis. La vérité l'aurait déçue encore plus.

Restauration d'une réputation.

S'il vous est arrivé de commettre un grave impair social (ou si, plus bêtement, la rumeur l'affirme), ne paniquez pas. Votre réputation peut être rattrapée. Même la casserole la plus ternie est susceptible de briller à nouveau de mille feux !

Afin que les autres oublient votre éventuel faux pas, il est important d'être encore plus secourable et enthousiaste que d'ordinaire. Décarcassez-vous pour aider vos prochains. Quoi que vous ayez fait pour offenser votre entourage (que ce soit réel ou non), il est nécessaire de vous amender.

Croyez-le ou non, mais les gens oublieront et vous pardonneront.

À l'avenir, soyez cependant plus prudente !

Mercredi 30 août,
13 heures Troisième jour de popularité

J'étais en retard à la cantine, parce que j'ai dû courir dans tous les sens pour obtenir des profs qu'ils nous donnent un coup de main, demain soir lors des enchères. M. Schneck, le responsable des cours de théâtre, un type efféminé en diable, a accepté de jouer le rôle du commissaire-priseur, ce qui promet d'ajouter une touche rigolote à l'événement, genre truc de la haute. C'est mon avis du moins, sans doute pas le sien. Bref, j'ai été surprise de découvrir Becca, malheureuse comme les pierres, à la table de Darlene. En me voyant, elle a un peu repris du poil de la bête.

— Salut ! m'a-t-elle timidement lancé. Ça ne t'embête pas si je m'assois avec vous ? Je leur ai demandé la permission, a-t-elle ajouté en montrant Darlene (qui mangeait une banane, à la plus grande fascination de ses admirateurs), ils n'ont pas objecté, mais…

— Évidemment que non ! l'ai-je coupée en m'installant. Qu'est-il advenu de tes déjeuners avec Jason ?

— Oh, a-t-elle murmuré en tripotant son hamburger (sans pain… elle est au régime depuis cent ans). J'ai… j'ai parlé à Stuckey.

— Et qu'a-t-il dit ?

— Que si je voulais intéresser Jason, je devais me faire plus rare. D'après lui, Jason est du genre à aimer celles qui lui résistent.

— Ben pas moi, ma vieille ! s'est marré Todd Rubin à qui nous n'avions pourtant pas adressé la parole. Moi, j'aime les femmes qui savent exactement quelle est leur place, a-t-il insisté en précisant ce qu'il entendait par là d'un déhanchement suggestif.

Ce qui a déclenché l'hilarité de ses potes.

— Ah bon ? est intervenue Darlene qui, ayant fini son fruit, s'étirait, attirant tous les regards sur elle. Et de quelle place s'agit-il exactement, Todd ?

— Euh…, a bégayé ce grand dadais, pris de court. Celle… que… tu… veux…

Darlene a agité sa canette de soda, façon d'indiquer qu'elle était vide.

— Oh ! a-t-elle minaudé. Je n'en ai plus. Voudrais-tu être un amour et aller m'en chercher une autre ?

Todd a failli se casser la figure dans sa hâte de satisfaire les désirs de sa reine. Darlene nous a adressé, à Becca et à moi, un sourire complice. J'ai eu du mal à ne pas m'esclaffer et, tout à coup, j'ai compris que la jolie poupée était loin d'être aussi idiote qu'elle se plaisait à le laisser croire.

— Je crois que Stuckey a raison, ai-je dit en revenant à nos moutons.

— Je sais, a soupiré Becca. Il a été très précieux. Pour lui, il n'y a rien de sérieux entre Jason et Kirsten.

Cette fois, c'est moi qui ai ricané.

— Évidemment. Il n'y a rien du tout, même. Sauf dans la tête de Jason, peut-être. De toute façon, Kirsten n'est pas celle qu'il lui faut. Tu as vu ses coudes ?

— Pardon ?

— Ils sont tout secs et pelés. Répugnant.

— Je déteste ça, a renchéri Darlene. J'enduis les miens de beurre de cacao tous les soirs.

Elle a relevé ses manches pour nous les montrer. Elle avait effectivement les coudes les plus ravissants du monde, sentiment apparemment partagé par tous les mecs de la table, y compris Todd qui était revenu avec la boisson commandée. Il va falloir que je me souvienne de ce truc — beurre de cacao.

— Stuckey est sûr que Jason se sert de Kirsten pour cacher qui il aime vraiment.

Voilà qui était fort intrigant. J'ignorais que Stuckey était un observateur aussi fin de son prochain.

— Et qui est l'heureuse élue ?

— C'est tout le problème. Stuckey n'en a aucune idée. Jason ne parle jamais de ça — des filles — avec lui. Mais je n'ai pas pu m'empêcher de penser... euh... tu crois qu'il pourrait s'agir... de moi ?

— Je n'en sais rien. (Ce qui était la stricte vérité. J'ai quand même évité de préciser que je doutais fortement que ce soit elle.) Qu'est-ce qu'il a dit d'autre, Stuckey ?

J'avoue que l'idée de Stuckey discutant d'autre chose que de basket me dépassait. D'où ma curiosité.

— Voyons… Que si j'avais envie de visiter le campus de l'université de l'Indiana, je n'avais qu'à lui faire signe, et qu'il m'emmènerait là-bas pour me montrer le gymnase où les basketteurs disputent leurs matchs.

Voilà qui ressemblait déjà plus au garçon que je connaissais. C'est l'instant qu'ont choisi Mark et Lauren pour effectuer leur petit passage quotidien à notre table — presque un rituel, visiblement.

— Tout est prêt pour demain, Steph ? m'a demandé Mark.

Lauren s'est enroulée autour de lui comme un poncho. Sans surprise, Alyssa traînait derrière eux, un peu comme Clochette avec Paris et Paris[1].

— Ça semble en bonne voie, ai-je indiqué en feuilletant le calepin où j'avais consigné tout ce qui concernait les enchères. La pub paraîtra dans le journal de ce soir, il y une centaine d'inscrits, et nous devrions gagner beaucoup plus qu'en lavant des voitures, selon le nombre de personnes qui viendront.

— Formidable ! Bon boulot, Steph !

— Merci.

Naturellement, j'ai rougi comme une tomate. Bah ! On ne peut pas tout contrôler.

---

1. Allusion au chihuahua de la mondaine Paris Hilton (Tinkerbell, soit, littéralement, Fée Clochette), qui a été fiancée de façon très éphémère avec Paris Latsis, héritier d'un armateur grec.

C'est ce qui s'est d'ailleurs produit ensuite. À savoir que, quand Mark, Lauren et Alyssa se sont éloignés, semblant surgir de nulle part, un petit mot est tombé en plein sur mon cahier. Personne ne s'en est aperçu, sauf moi. Et Becca, qui m'a regardée, surprise. Je l'ai ramassé. Y était inscrit « POUR STEFF » en lettres capitales noires. Il m'était donc destiné... ou du moins, il était adressé à quelqu'un qui s'appelait Steph mais dont le nom se terminait par deux « f » et non « ph ». Je l'ai déplié.

Les premiers mots — « KONAS ! FOUS-NOUS LA PAIX » — ont suffi pour que j'en comprenne la teneur. Et que je devine qui en était l'auteur. Le rouge qui m'était monté aux joues après le compliment de Mark s'est transformé en incendie. Ce qui ne m'a pas empêchée de me lever et de rattraper le trio infernal.

— Hé ! les ai-je hélés au moment où ils allaient sortir. L'un de vous a laissé tomber ça. C'est pour une certaine Steff. Comme mon nom s'écrit Steph, j'ai pensé que vous vous étiez trompés de destinataire.

Sur ce, j'ai tendu le mot à Mark.

— Qu'est-ce que c'est ? a aussitôt crié Alyssa. Ce n'est pas moi. Je ne l'ai jamais vu. Et toi, Lauren ?

Cette dernière n'a pas pipé mot, se contentant de me fusiller du regard. Je lui ai rendu la pareille, façon de lui transmettre le message suivant : « Ne me cherche pas, Lauren. Maintenant que j'ai le Livre, je compte bien t'enfoncer ! »

Mark a lu la note — que racontait-elle ensuite ? aucune idée, puisque je n'avais pas pris la peine de la terminer ; d'ailleurs, je m'en moquais — et a serré les mâchoires tandis que son visage s'empourprait, comme le mien. Sauf que sur lui, c'était chouette. Puis il a plongé ses yeux dans ceux de Lauren. Laquelle s'est immédiatement tournée vers Alyssa.

— Voyons, Al ! s'est-elle exclamée. Ce que tu peux être immature !

Alyssa en est restée comme deux ronds de flan.

— Mais Lauren ! a-t-elle protesté. C'était ton… Comment oses-tu…

— Comment as-tu osé, *toi* ? a riposté Lauren en arrachant le mot des mains de Mark pour le déchirer. Pourquoi as-tu écrit quelque chose d'aussi atroce à cette pauvre Steph ? Elle essaie juste de lever des fonds pour la classe de Mark. Tu es folle, ou quoi ?

— C'est bas, Alyssa, a renchéri Mark, furieux, en secouant la tête. Vraiment nul.

— Ce n'est pas moi ! s'est défendue Alyssa. Enfin si, mais parce que…

— Je ne veux pas en entendre plus ! l'a coupée Mark d'une voix tranchante qui expliquait son ascendant sur le reste des élèves. Mieux vaut que tu t'en ailles.

La Mygale s'est mise à pleurer.

— Tu.. tu veux que… que je quitte le lycée ? a-t-elle hoqueté.

— Non, a soupiré Mark. Disparais juste de ma vue. Allez, ouste !

Après un ultime coup d'œil ébahi à son amie Lauren, Alyssa s'est ruée en direction des toilettes, une main sur le visage. Mark l'a regardée s'éloigner, indifférent, avant de s'adresser à sa bonne amie.

— Pourquoi a-t-elle fait un truc pareil ? a-t-il ronchonné, sincèrement étonné.

— Aucune idée, a répondu Lauren en haussant les épaules, telle une innocente. Elle est peut-être jalouse ? Parce que j'ai ramené Steph chez elle hier ? Si ça se trouve, elle a peur que Steph et moi devenions amies, et qu'elle soit rejetée. Tu la connais. Elle a toujours besoin d'être rassurée.

Cette fois, c'est moi qui suis restée bouche bée. Jamais je n'avais entendu pareils mensonges. Ça, impossible de prétendre le contraire : Lauren est la plus belle manipulatrice qui soit.

— Mieux vaut que j'aille la voir, a-t-elle poursuivi. Je ne voudrais pas qu'elle commette un geste idiot.

Je rêvais !

— C'est ça, vas-y, a acquiescé Mark.

Lauren s'est éloignée à son tour, non sans m'avoir jeté un coup d'œil me promettant que je ne perdais rien pour attendre. Mark a tendu la main et a effleuré mon bras.

Oui ! Mark Finley m'a touchée.

— Ça va ? a-t-il murmuré.

Étais-je en train de rêver ? Mark Finley m'avait touchée ! Je n'en revenais pas. Et voilà qu'il se souciait de moi.

— T'inquiète, ai-je répondu, tout va bien.

— Je suis épaté du culot d'Alyssa, a-t-il continué. Désolé. Ne prends pas ça trop à cœur, s'il te plaît.

Pardon ? J'avais eu droit, pendant cinq ans, aux railleries d'Alyssa (de même qu'à celles de toute la population de Bloomville ayant moins de dix-huit ans), et le type le plus populaire du bahut, dont personne ne s'était jamais moqué, me priait de rester calme ? Pas de souci, Mark. Comme tu voudras.

— Ça ira, ai-je assuré avec un sourire tremblotant.

En vérité, je sentais mes larmes pointer.

— Super, a-t-il dit.

Et il a posé un doigt sur ma joue.

Juste un doigt.

Mais il n'en a pas fallu plus. Pour que je sois sûre à cent pour cent qu'il était mon « bon ».

Même s'il l'ignorait encore.

Les meilleurs amis.

Les meilleurs amis sont géniaux. Mais si vous souhaitez devenir populaire, vous ne pouvez vous limiter à une seule personne. Votre temps appartient à tous.

Il est important d'en réserver à vos nombreux nouveaux amis — sans pour autant oublier les anciens, bien sûr !

Mercredi 30 août,
16 heures Troisième jour de popularité

La Gazette de Bloomville sort l'après-midi, et j'ai pu vérifier la pub dès mon retour à la *Librairie du Tribunal*, où je travaille de seize à vingt et une heures tous les mercredis soir. Avant de regarder l'endroit où j'avais demandé qu'on encarte ma réclame (en face des BD et du courrier des lecteurs, parce que c'est ce que tout le monde lit en premier), j'ai remarqué une photo de l'observatoire en une. Le gros titre disait : « Un mécène local fait don de l'observatoire, qu'il dédie à sa future femme. » Il y avait aussi un cliché de grand-père à l'intérieur du bâtiment, bras grands ouverts en direction de la rotonde, sourire aux lèvres.

Je l'ai aussitôt appelé.

— Belle histoire, ai-je lancé quand il a décroché. Ça va faire pleurer dans les chaumières.

— Kitty est très contente, a-t-il plastronné, fier comme Artaban.

— Elle peut. Ce n'est pas tous les jours qu'un gars construit quelque chose en votre honneur.

— Elle le vaut.

— Je ne dis pas le contraire.

— Voilà plusieurs jours que je n'ai pas eu de tes nouvelles. Ça avance, la popularité ?

J'ai repensé aux sensations qu'avait déclenchées en moi le doigt de Mark Finley sur ma joue. Ça n'avait duré qu'une seconde, ça m'avait pourtant semblé le moment le plus long de ma vie.

— Comme sur des roulettes.

— Ah oui ? (Je fantasmais, ou il avait l'air surpris ?) Tant mieux. Pour une fois, toi et moi réussissons ce que nous entreprenons. Comment va ta mère ?

Celle-ci venait de partir pour regagner la maison, histoire de se reposer. Elle approchait du terme, et ses chevilles ressemblaient aux jambes de Lauren dans ses mi-cuisses blanches.

— Ça va. Malheureusement, aucune avancée sur le front du mariage, si tu me suis.

— Ça ne m'étonne guère, a-t-il soupiré. C'est une femme têtue. Un peu comme toi, d'ailleurs.

— Quoi ? me suis-je récriée, époustouflée. Je ne suis pas têtue.

Pour seule réponse, j'ai eu droit à un sifflement dubitatif.

— Ce n'est pas vrai, ai-je insisté.

À cet instant, la cloche de la porte a retenti, et Darren, mon collaborateur pour la soirée, est entré, deux esquimaux dans les mains.

— Quelle chaleur infernale ! s'est-il exclamé en prenant un air tragique et en me tendant ma glace (basses calories et, par conséquent, sans goût non plus). C'est l'été indien, ou quoi ?

— Merci, lui ai-je dit. Laisse-moi juste en terminer avec ce coup de fil.

Il a agité les doigts d'un air maniéré avant de se diriger vers la vitrine des bijoux, pour la réorganiser, son activité préférée.

— Écoute, grand-père… il se pourrait que je sois obligée de t'emprunter encore un peu d'argent. Pour mon plan, mais aussi pour aider la boutique, cette fois. Il ne s'agit pas seulement de ma vie sociale.

En tout cas, pas entièrement.

— Je vois, a-t-il répondu. Il va falloir que je jette un coup d'œil aux taux d'intérêt…

— Compris.

Que mon grand-père me compte des intérêts quand il m'avance des fonds ne me choque pas. Je ferais pareil à sa place. À la télé, ils soutiennent qu'il vaut mieux éviter les histoires d'argent au sein d'une même famille. Ce n'est pas vrai, tant qu'on est capable de s'en tenir à une attitude strictement professionnelle.

— Grand-père, ai-je repris, tu te rappelles m'avoir raconté que tu avais toujours aimé Kitty, y compris quand vous étiez au lycée ? Alors qu'elle en aimait un autre ?

— Ronald Hollenbach, a-t-il précisé, le vinaigre à la bouche.

— C'est ça. Le pépé de Jason. Je me demandais… comment as-tu fini par la lui ravir ?

— Fastoche ! Il a clamsé !

— Ah.

Flûte ! Voilà qui n'allait pas beaucoup m'aider à arracher Mark Finley des griffes de Lauren Moffat. Ce que je ne considérais pas du tout comme sournois, dans la mesure où Lauren est une garce finie, et Mark le garçon le plus gentil de la ville. Il mérite mieux qu'elle. Même s'il ne s'en doute pas encore.

— Tout le pognon de ces gens de l'hypermarché a aidé aussi, a précisé grand-père. Kitty apprécie que je l'emmène manger un steak au country club de temps en temps.

— Bien reçu. (Il faudrait que je vérifie l'efficacité du steak.) Mais bon, tu as quand même dû la charmer, non ? Comment t'y es-tu pris ?

— Je ne peux pas te le dire, ta mère me tuerait.

— Elle en a déjà envie, ai-je objecté, tu ne risques plus grand-chose.

— Pas mal raisonné, ma fille. Eh bien, disons que nous, les Kazoulis, nous sommes des gars au sang chaud, et nous savons nous y prendre pour satisfaire une femme.

Je m'en suis étranglée avec ma glace.

— Merci, grand-père, ai-je balbutié, une fois mon souffle retrouvé. Inutile de me faire un dessin, j'ai pigé.

— Kitty a des besoins, tu comprends, et…

— Je sais, je sais, me suis-je empressée de l'interrompre. (Il avait suffi que le fameux Livre s'ouvre de lui-même sur ces étranges turqueries pour que je le devine — apparemment, c'était un passage qu'elle avait lu et relu.) Merci pour ces conseils très utiles, grand-père.

— Certes, tu es à moitié Landry, a-t-il poursuivi, tout à son idée. Mais tu as au moins cinquante pour cent de Kazoulis en toi. Alors, ça ne devrait pas t'être très difficile de…

— Oups ! Un client vient d'arriver ! ai-je menti. Faut que j'y aille. À plus !

J'ai raccroché, puis me suis perdue dans la contemplation du téléphone. Si grand-père est un chef pour les questions financières, en matière de cœur, il laisse à désirer. J'allais être obligée de me débrouiller toute seule pour découvrir comment piquer Mark à Lauren.

— Ômondieu, Steph, tu connais la dernière ? m'a lancé Darren, tout émoustillé, en se précipitant vers moi. D'après Shelley, du glacier, le lycée a organisé une vente aux enchères d'esclaves.

— Arrête de délirer ! ai-je riposté en lui fourrant la pub sous le nez. Ce sont des enchères du *talent*. Les gens proposent leur savoir-faire à la communauté, qui achète ou non. Rien à voir avec… autre chose.

— Oh ! a-t-il lâché, visiblement déçu. Explique-moi un peu comment tu es tellement au courant.

— Parce que c'est moi qui en ai eu l'idée, et que je m'en occupe.

J'ai essayé de ne pas trahir ma fierté, car le Livre affirme que de la fierté à l'arrogance il n'y a qu'un pas, or l'arrogance est la dernière chose dont a besoin une fille populaire.

— Toi ? s'est exclamé Darren. TOI ? Mais tu…

Il s'est interrompu.

— C'est bon, vas-y.

— Excuse-moi ma chérie, c'est juste que tu es une telle Steph Landry !

— Plus pour longtemps ! ai-je assené avec une assurance absolue.

Vous voulez un conseil efficace pour gagner les cœurs et les esprits de votre entourage ?

Soyez créative !

Prenez l'initiative !

Et menez vos projets à terme !

Ne restez pas là à attendre que les autres choisissent à votre place. Exprimez vos opinions, vos idées, et emportez l'adhésion de vos relations en montrant vous-même de l'enthousiasme pour vos propres projets !

L'enthousiasme gagne toujours.

Et les gagnants sont populaires !

Jeudi 31 août, 18 heures Quatrième jour de popularité

La journée des enchères a été une véritable folie. J'ai dû enregistrer des volontaires de dernière minute, transmettre la liste des noms et des talents à Schneck pour qu'il s'entraîne à les annoncer, veiller à ce que les gars du club audiovisuel installent la sono dans le gymnase, histoire que tout le monde entende le commissaire-priseur, trouver les plaquettes à brandir pour se porter acquéreur — des éventails offerts par les pompes funèbres locales (je suis sûre que personne ne trouvera à y redire).

J'ai été prise dans un tel tourbillon que je n'ai eu le temps ni de déjeuner ni de dîner. Je ne suis même pas rentrée à la maison après les cours ! Par bonheur, Becca est restée pour me donner un coup de main. Plus surprenant, Darlene aussi. J'ai découvert au passage qu'elle avait un don naturel pour régenter les autres. Sans elle, j'ignore comment je m'en serais tirée. Elle n'a qu'à baisser les cils et à susurrer : « Hé, les gars, vous ne voudriez pas déplacer ce podium par là-bas ? », et les garçons en question se battent presque pour exécuter ses ordres. Par ailleurs, c'est confirmé : elle est loin d'être idiote. Quand les types de la télé locale ont débarqué afin de filmer les enchères pour les retransmettre en clair ce week-end et qu'ils se sont rendu compte qu'ils n'avaient pas les bons raccords, elle a réglé le problème en un tournemain.

— Todd, a-t-elle lancé, file à l'administration et demande au Vampire si tu peux emprunter le câble coaxial de la salle des profs.

— Comment savez-vous que ça s'appelle un coaxial ? se sont étonnés les techniciens, les yeux écarquillés d'admiration.

— J'ai dit ça, moi ? s'est rétractée Darlene en comprenant sa bévue. Bah, juste un coup de pot.

Plus tard, quand nous avons été seules, je lui ai posé la même question.

— C'est un terme relativement courant, Steph, m'a-t-elle répondu.

— Tu n'avais *vraiment* aucune idée d'où venait le miel, en quatrième ? est aussitôt intervenue Becca.

— Bien sûr que si, a rigolé Darlene. Mais le cours était tellement barbant que j'ai eu envie de me divertir un peu.

— Jouer les bécasses ne va pas à l'encontre de tes principes féministes ? a insisté Becca.

— Du tout. Ainsi, j'obtiens des autres qu'ils fassent les choses à ma place, ce qui me laisse plus de temps pour regarder la télé.

Logique. Enfin, en quelque sorte.

Darlene et Becca n'ont pas été les seules à se rendre utiles. Mark et ses coéquipiers ont débarqué après leur entraînement pour nous aider à accrocher la bannière proclamant « PREMIÈRES ENCHÈRES DU TALENT ANNUELLES DU LYCÉE DE BLOOMVILLE » que j'avais passé mon heure du déjeuner à peindre, secondée par des filles de Terminale et Lauren — bien qu'elle ait proposé ses services de manière… réticente pour le moins.

Lauren était arrivée après les cours, suivie de Bebe Johnson. Son ombre traditionnelle, Alyssa Krueger, avait disparu de son entourage depuis l'incident du mot. Je l'avais brièvement aperçue à la cantine, lorsque j'y étais passée en coup de vent acheter un soda, en train de s'éclipser en douce avec le sandwich au thon qu'elle irait manger dehors, puisqu'elle n'était plus la bienvenue à la table de Mark. J'aurais sans doute dû ressentir une satisfaction triomphale à voir une des filles les plus populaires du bahut en disgrâce. En réalité, je n'ai éprouvé que de la tristesse. Je n'ai rien contre Alyssa en particulier. Du moins, je ne lui en veux pas énormément. Après tout, elle n'est qu'une petite main de la haine. C'est Lauren que je désire laminer.

Et je compte bien y parvenir. Ce soir. S'il y a une justice sur cette pauvre terre.

Quand nous avions rédigé la banderole, une des filles avait accidentellement renversé de la peinture sur le plancher du gymnase. Lauren s'était mise à rire.

— Bravo, Cheryl ! s'était-elle exclamée. Quelle St...

Tout le monde avait deviné ce qui allait suivre, mais elle s'était interrompue juste à temps. La regardant, j'avais sourcillé (un geste auquel je m'étais entraînée, au CE1, durant des heures devant le miroir, au grand amusement de Jason, à l'époque où j'étais une fan d'*Alice détective*, laquelle passait son temps à contempler les gens en arquant un sourcil).

— Oh, ça va, une vraie Steph Landry ! avait râlé Cheryl, tête baissée. Quelqu'un a du papier absorbant ?

Personne ne lui répondant, elle avait relevé les yeux.

— Quoi ? avait-elle demandé en constatant que nous la dévisagions en silence.

— *Je* suis Steph Landry, avais-je lancé.

J'avais tâché de dissimuler ma colère, sentiment qui n'apparaît pas dans la panoplie de qui souhaite devenir populaire. Cheryl est une jolie rouquine qui fait partie de la troupe de danse du lycée (les Cannes-à-Pêche, pour rester dans le ton des Poissons-Chats).

— C'est ça, s'était-elle marrée. Très drôle. Bon, cet essuie-tout ?

— Je ne plaisante pas, avais-je insisté.

Comprenant sa bêtise, Cheryl avait pris la couleur de la peinture rouge qu'elle venait de répandre.

— Mais... tu... c'est que... Steph est..., avait-elle balbutié. Je sais que tu t'appelles Steph. Je ne pensais pas que tu étais *cette* Steph. D'ailleurs, elle n'a pas tué quelqu'un ?

— Non.

— Alors, elle a fichu une voiture dans le lac de Greene, un truc comme ça, non ?

— Pas du tout. Et je suis bien placée pour le savoir, puisque c'est moi. Elle n'a rien fait de tel. Elle a juste renversé de la limonade à la grenadine sur une amie.

J'avais jeté un coup d'œil assassin à Lauren.

— C'est tout ? s'était exclamée Cheryl. Quelle histoire pour rien ! J'adorais la limonade à la grenadine, quand j'étais gosse.

— Moi aussi, avait renchéri une de ses camarades de classe, sauf que ça tache sacrément. J'en ai laissé tomber quelques gouttes sur le tapis blanc de ma mère il y a dix ans, et elle me le ressort chaque fois qu'elle est furax après moi.

— L'horreur, avait acquiescé Cheryl. Bon, il faut absolument que je nettoie ça. L'une de vous a de quoi éponger ?

Sur ce, l'incident avait été clos. Lauren, les joues empourprées, s'était remise au travail, et plus personne n'en avait reparlé.

Et, ce soir, après les enchères, plus personne n'en reparlera jamais.

Inventez-vous une vie — en dehors du lycée, s'entend.

Les études sont importantes, et les bons résultats aussi.

Mais personne n'apprécie particulièrement les mademoiselles-je-sais-tout ou les raseuses !

Alors, évadez-vous de vos livres et cultivez des intérêts autres que ceux liés au lycée. Que votre hobby soit la couture, le jardinage, la cuisine, la philatélie ou l'équitation n'a aucune importance. Votre intérêt pour une activité VOUS rend intéressante aux yeux des autres... par ailleurs, cela vous permettra de développer des talents dont vous ne soupçonniez même pas que vous en étiez dotée.

Alors, bougez-vous et investissez-vous !

Jeudi 31 août,
20 heures Quatrième
jour de popularité

Ça a commencé.

Et je ne pense pas me flatter en affirmant que c'est un succès.

D'accord, nous n'avons pas atteint les sept mille spectateurs, nombre de ceux qui, d'ordinaire, se déplacent pour assister aux matchs de basket. N'empêche, il doit bien y avoir trois mille personnes. Largement plus que tous les clampins qui souhaitent que les lycéens lavent leur voiture. Et ils dépensent leur argent ! Gordon Wu et ses trois heures de formation en informatique sont partis pour trente-cinq dollars. Le type qui proposait d'arracher des souches ? Cinquante-huit. La fille qui affirmait pouvoir apprendre à n'importe qui à faire une excellente tarte aux fraises et à la rhubarbe ? Vingt-deux.

Pour l'instant cependant, ce sont les leçons de maquillage de Darlene qui ont décroché la timbale. Todd et les courtisans n'ont pas arrêté d'enchérir les uns contre les autres — pour leurs mères, bien entendu. Todd l'a emporté en crachant soixante-sept billets ! J'espère que sa mère les vaut.

Ma seule crainte était qu'un des élèves ayant proposé ses services (ils se tiennent tous sous un dais érigé près de l'estrade) reste en carafe. Cela n'est pas encore arrivé. Même Courtney Pierce, la fayote du bahut, a réussi à trouver preneur pour ses cours d'espagnol.

Bref, je n'étais pas trop inquiète quand le père Schneck a lu le nom du candidat suivant — Becca Taylor. Après tout, le collage est une activité très appréciée dans notre ville. Il y a même une boutique qui lui est entièrement dévouée. Becca n'est pas populaire, certes, personne n'a oublié qu'elle s'endormait en classe autrefois, mais il devrait bien se trouver un enchérisseur.

— Et maintenant, une élève de Première, Becca Taylor ! a baratiné Schneck, tout à son rôle. (Il a même mis un nœud pap' et des bretelles pour l'occasion. Ça, on ne pourra pas lui reprocher son manque de passion !) Becca propose trois heures de collage pour débutants, avec conseils et ficelles pour réussir ! Quelqu'un s'intéresse à cette activité artistique ? Quelqu'un qui veut juste un petit coup de pouce ? Becca Taylor est là ! Elle viendra chez vous, avec ses ciseaux, sa colle, ses feutres et des tas d'idées pour vous aider à commencer votre première œuvre ! Lançons les enchères pour ce service très spécial à dix dollars !

De ma place sur le gradin du bas (celui normalement réservé aux Idoles, car c'est là que s'assoient ceux qui sont toujours appelés à gagner le milieu du gymnase, histoire de recevoir une récompense ou d'être invités à danser en compagnie des Cannes-à-Pêche), j'ai regardé autour de moi. Ce soir, je suis installée avec eux. Mieux, même. Je suis *juste à côté* de Mark Finley.

Bon, d'accord. Lauren Moffat est de l'autre côté.

N'empêche, c'est lui qui est venu se poser près de moi. En entrant dans le gymnase, il m'a remarquée en train de distribuer les éventails, et il s'est délibérément assis à mon côté. Suivi par toute la bande des Idoles, à l'exception d'Alyssa Krueger, qui s'est tassée tout en haut, sur le gradin des blessés, là où Jason et moi nous réfugiions, les rares fois où nous avions été forcés d'assister à un événement quelconque. Bref, je suis une des leurs. Une Idole. Une fille populaire et belle. J'ai réussi mon coup !

Ça n'a échappé à personne. Je sens les regards posés sur moi, ceux de Courtney Pierce, de Tiffany Cushing, les filles de la clique juste en dessous de celle des Idoles, celles qui n'ont jamais manqué de s'exclamer « Arrête tes Steph Landry » à portée de mes oreilles. Elles en bavent de jalousie, j'en suis persuadée. Elles ne devraient pas. Je me suis décarcassée pour arriver à cette position enviable. Je me suis vraiment donné de la peine.

Et ça n'a pas été simple.

Le gymnase est bondé de visages familiers, pas seulement des élèves. J'ai aperçu les parents de Becca qui contemplent leur progéniture avec amour. Ils sont ravis que leur fille prenne enfin part aux activités du bahut. À leur arrivée, ils m'ont demandé si mes propres parents seraient là, espérant s'asseoir en leur compagnie. Ils ont été déçus lorsque je leur ai annoncé que mes vieux étaient trop fatigués (ma mère par sa grossesse, mon père par les plus jeunes enfants) pour assister aux enchères. Je n'ai pas jugé utile de préciser qu'ils n'étaient au courant de rien. Enfin, si — toute la ville est au parfum. Mais ils ignorent que je suis derrière ce projet.

Le principal est présent, avec sa femme et un type qui ressemble au maire, Waicukowski. Le *maire* s'est déplacé... seul, puisque sa femme et lui sont au beau milieu d'un divorce difficile dont *La Gazette* rapporte parfois quelques détails croustillants. Wampler le Vampire siège à côté d'eux, à peine identifiable en jean et pull de coton au lieu de son habituel tailleur gris ou noir. Elle ne cesse de regarder Waicukowski en rejetant ses cheveux en arrière. Difficile de ne pas voir qu'elle l'aguiche. Difficile aussi de ne pas remarquer qu'il trouve ça plaisant.

Juste avant que Schneck ne déclenche la ola rituelle des nageoires de poisson avant de commencer les enchères, j'ai repéré Jason — le dernier au monde que je me serais attendue à découvrir ici — se glissant dans le gymnase par une porte latérale. Stuckey était avec lui. Tous deux ont grimpé les tribunes, presque jusqu'en haut, pas loin du gradin des blessés. Ils se sont installés, et Jason a balayé l'assistance du regard. Ses yeux se sont posés sur moi, j'ai levé la main pour le saluer. C'est *lui* qui a un problème avec moi, pas l'inverse. Sauf pour ce surnom idiot de Crazytop. Il ne m'a pas retourné le geste. Alors qu'il m'a vue. Je suis forcée de l'avouer, ça m'a blessée, qu'il m'ignore ainsi. Qu'est-ce que je lui ai fait ? Mis à part accepter que Lauren Moffat me raccompagne chez moi dans sa 645 CII. À la réflexion, cette façon de me snober n'est pas très Courtoisie Béhème. C'est de l'envie. Mais bon. S'il veut être en colère après moi, libre à lui. Je m'en fiche.

Sauf que… ça risque d'être un peu embarrassant quand il devra me donner le bras, au mariage de grand-père.

Tant pis.

Je me suis retournée vers Becca qui, en caleçons kaki et chemise à fleurs, était toute mignonne, sous le dais. Elle est plutôt… bien bâtie. Un peu comme Stuckey, d'ailleurs. Si lui s'habille de pantalons à faire dedans et de T-shirts de l'université de l'Indiana excessivement larges, elle est coquette et sait ce qui lui va. Un album de collages à la main, elle souriait aux spectateurs.

Cependant, quelque chose n'allait pas, dans ce sourire. Oh, les coins de sa bouche étaient bien relevés, mais ses yeux restaient anxieux. J'ai même remarqué que ses lèvres tremblaient.

— Allons, mesdames et messieurs, a lancé Schneck à cet instant. Il s'agit d'une offre que vous ne rencontrerez pas tous les jours. L'art du collage est très apprécié, chez nous. Il y a des soirs où je ne peux même pas aller prendre un verre au pub du coin, parce que le club de collage s'y réunit, et que toutes les tables sont prises. Alors, dix dollars pour cette demoiselle, est-ce trop demander ?

Tout à coup, j'ai pigé. Personne n'enchérissait en faveur de Becca. Mon cauchemar devenait réalité. Mon amie tentait de conserver son sourire et retenait bravement ses larmes, tandis que ses jointures blanchissaient autour de son album.

— Là-bas ! s'est écrié notre commissaire-priseur. Une offre à dix dollars. Qui dit mieux ? Quinze dollars ?

J'ai virevolté pour voir qui avait levé son éventail. Mon estomac a tressauté. C'était M. Taylor, le père de Becca. Ce qui était encore pire que rien du tout.

— Quelque chose ne va pas, Steph ? a demandé une voix grave à côté de moi.

Je me suis tournée… et j'ai failli me cogner dans la tête de Mark Finley, dont les yeux noisette me dévisageaient avec inquiétude.

— Tu as l'air embêtée, a-t-il repris. Qu'est-ce qui cloche ?

— Il… il faut que quelqu'un enchérisse, ai-je murmuré en désignant Becca. Quelqu'un d'autre que son père.

Aussi sec, Mark Finley a levé son éventail.

— Quinze dollars ! a rugi Schneck en montrant mon voisin. Quinze dollars pour notre petit génie du collage ! Qui dit vingt ?

Un silence absolu était tombé sur l'assemblée lorsque Mark s'était manifesté. Comme si personne n'en croyait ses yeux — le gars le plus populaire du lycée achetant aux enchères les services d'une fille que, pendant des années, il avait fallu réveiller à l'heure de la récréation. Bien des présents devaient penser qu'il avait perdu l'esprit, parmi lesquels Lauren, que j'ai surprise à souffler :

— Tu te fiches de moi, chéri ?

Les lèvres de Becca ont cessé de trembler.

— Vingt dollars, mesdames et messieurs ! Personne ? Quinze dollars pour une séance de collage avec Becca Taylor ! Une fois, deux fois, trois fois ! Ven…

Avant que Schneck ait eu le temps de crier « Vendu ! », une voix a retenti au fond du gymnase.

— Cent soixante-deux dollars et cinquante-huit *cents* !

Je ne pense pas avoir été la seule ahurie en découvrant Jason, debout, brandissant son éventail d'une main et de l'autre son porte-monnaie dont, apparemment, il venait de compter le contenu.

— Vendu ! a hurlé Schneck. A… à… à ce jeune homme là-bas au fond. Cent soixante-deux dollars et cinquante-huit *cents* !

Sur ce, il a abattu son marteau.

On pourrait comparer la popularité à une maison.

Elle a des murs, de bonnes fondations et des tas de pièces différentes.

Plus les fondations sont profondes, plus solides sont les murs, et plus l'on peut ajouter de pièces.

Voilà pourquoi, comme une maison n'a jamais trop de pièces, une personne n'a jamais trop d'amis.

Jeudi 31 août,
22 heures Quatrième jour de popularité

J'étais super contente pour Becca. Je trouvais génial que Jason l'ait achetée. Sérieux. Seulement, il n'était pas obligé de nous servir un tel show. Il aurait pu l'avoir pour vingt dollars, pas cent soixante-deux dollars et cinquante-huit *cents*. Mais bon, c'était sympa de sa part.

Pas autant que ce qui a suivi, néanmoins.

Becca a quitté le dais, empourprée par la joie. Pas la peine d'être un génie pour deviner qu'elle croyait que, si Jason était capable de dépenser autant d'argent pour elle, c'est qu'*elle* était la fille dont, d'après Stuckey, il était secrètement épris. J'allais avoir toutes les difficultés du monde à la gérer, maintenant ! Franchement, cet idiot de Jason n'avait pas réfléchi. Pas une seconde !

— Et maintenant, Poissons-Chats de Bloomville, a annoncé notre commissaire-priseur après s'être gratté la gorge, voici le moment que vous attendez tous, la mise aux enchères d'un porte-parole idéal, du représentant de nos Terminales, de notre arrière et capitaine de l'équipe de foot, du celui qui a été élu Meilleur Joueur l'an passé et, pour résumer, d'un très chouette type, j'ai nommé MARK FINLEY !

Les hurlements et applaudissements qui ont accueilli cette déclaration ont failli faire tomber le toit sur nos têtes. Mark s'est levé, a souri humblement et s'est retourné vers la foule en agitant la main avant de gagner le dais. Les cris les plus perçants venaient sans doute de Lauren, sa bonne amie, qui paraissait avoir soudain la danse de Saint-Guy, tant elle se trémoussait sur son popotin.

Une fois en place, Mark a salué l'autre côté du gymnase.

— Super, les gars, s'est égosillé Schneck. Maintenant, du calme ! Nous savons que vous adorez Mark. Montrez-nous *combien* vous l'adorez. Il a généreusement proposé de donner de son temps pour promouvoir une société de la ville. Qui sera l'heureuse bénéficiaire ? Nous commençons les enchères à…

L'éventail de Lauren a jailli.

Et il n'était pas le seul.

— Euh…, a hésité Schneck. Je n'ai pas encore…

— Cent dollars ! a piaillé Lauren.

J'ai subodoré qu'elle tentait de recréer la sensation que Jason avait provoquée, offrant une somme tellement faramineuse qu'elle pensait que personne ne renchérirait. Dommage pour elle que dix autres spectateurs aient eu la même idée.

— Cent vingt ! a braillé un homme que j'ai reconnu comme le glacier.

— Cent quarante ! a éructé Stan, le gérant du restaurant de la place du Palais-de-justice.

— Cent soixante ! a riposté Lauren.

— Cent quatre-vingts ! a braillé le maire en agitant son éventail dans tous les sens.

Il a un cabinet comptable, *Waicukowski et Associés*. « Nous sommes plus. Plus qu'une société comptable », proclame leur devise (que personne ne comprend, au passage).

— Deux cents ! a bêlé Lauren.

Sous le dais, Mark avait l'air complètement abasourdi, même s'il paraissait flatté.

— Deux cent vingt, a contre-attaqué le maire.

Visiblement fatiguée de tout ce cirque, Lauren a sauté sur ses pieds, a ouvert son sac à main, a sorti son chéquier, a vérifié le solde de son compte en banque et a rugi :

— Cinq cent trente-deux dollars et dix-sept *cents*.

Puis elle s'est rassise, très satisfaite apparemment des hoquets éberlués de ses rivaux… et de la mine ravie de Mark. Ça m'a ennuyée de lui gâcher ce moment. Mais bon, j'avais une affaire à conclure, moi aussi.

— Mille dollars ! ai-je déclaré en me levant à mon tour.

Le nombre de hoquets ahuris qu'a provoqués la somme que je venais d'annoncer a dépassé de façon exponentielle le nombre de hoquets ahuris qu'avait provoqués celle avancée par Lauren.

— Pardon, Stéphanie ? s'est enquis le père Schneck, lui aussi surpris. Tu viens bien de dire mille dollars ?

— En effet, ai-je répondu d'une voix calme. *La Librairie du Tribunal* propose mille dollars pour Mark Finley.

Maintenant, tous les yeux étaient tournés vers moi, et non plus vers Mark qui, d'ailleurs, me dévisageait également. Ses traits trahissaient un mélange d'incrédulité et de joie. La joie que quelqu'un achète ses services aussi cher, l'incrédulité que ce soit moi et non sa petite amie qui aie lancé cette offre.

— La jeune demoiselle au premier rang propose mille dollars ! a repris Schneck en prenant son marteau. Mille dollars vingt ailleurs ? Non ? Mille, donc. Une fois…

Lauren était au téléphone, essayant désespérément de joindre son père. Elle pleurait presque. (Étant à côté d'elle, je ne ratais rien du spectacle.)

— Mais papa…, gémissait-elle, tu ne comprends pas…

— … Deux fois…

— … c'est vraiment pour une bonne cause, et…

— … Trois fois…

— … je ne te demanderai plus jamais rien, je te jure, si tu…

— … VENDU à Stéphanie Landry de *La Librairie du Tribunal* !

Lauren a jeté son portable contre le mur, si violemment qu'il a explosé en mille morceaux.

La popularité n'est jamais immédiate.

Personne ne devient populaire du jour au lendemain. Ce statut s'acquiert peu à peu, en payant son tribut, exactement comme une adhésion dans un club très fermé.

Alors, ne commettez pas l'erreur de vous comporter comme si vous valiez mieux que les autres personnes populaires, qui sont dans la partie depuis plus longtemps que vous. Elles aussi ont gagné leur popularité à la sueur de leur front et elles méritent votre respect.

Sinon, soyez certaine qu'elles vous rendront la monnaie de votre pièce.

Jeudi 31 août, 23 h 30 Presque la fin du quatrième jour de popularité

Franchement, je ne comprends pas pourquoi tant de gens se sont fâchés.

J'avais acquis Mark Finley — en tout cas, ses services en tant que porte-parole du magasin — de manière juste et équitable, un point c'est tout.

Je ne sais pas pourquoi Stan, du restaurant de la place du palais-de-justice, a appelé ma mère pour se plaindre, si bien que la première chose à laquelle j'ai eu droit quand j'ai franchi le seuil de la maison après que les Taylor m'ont déposée, ça a été les cris de ma mère m'accusant d'être la risée de la ville. Et d'une, c'est moi qui rigolerai lorsque nous commencerons à encaisser tout l'argent que rapporteront nos dépliants publicitaires portant la photo de Mark Finley. Et de deux, Stan devrait se mêler de ses oignons.

— Il prétend que tu as acheté un garçon aux enchères, n'arrêtait pas de répéter ma mère. Comment as-tu osé acheter un garçon ? Comment ?

Tel est le résultat de trop d'heures passées devant *New York Unité Spéciale* en boulottant de la glace. Ça vous grille les neurones. Je suis sérieuse.

Même Lauren n'avait pas été aussi enragée. Une fois remise du choc initial, elle et Mark étaient venus me féliciter.

— Ta contribution va vraiment nous ramener des clients, avais-je signalé à Mark, histoire de bien faire comprendre que je n'avais pas enchéri pour moi, mais pour la librairie. L'ouverture de l'hypermarché nous a porté un sacré coup.

— Du moment que c'est pour aider, avait-il répondu, sincère.

— Oh, Steph, avait minaudé Lauren, j'ignorais que la petite affaire de tes parents marchait si mal. Je dirai à toutes mes amies de boycotter la librairie de la grande surface pour la vôtre.

— Merci.

Et, juré, une minute, j'avais songé que Lauren Moffat n'était peut-être pas aussi mauvaise que ça. Mais j'avais vite été interrompue dans mes réflexions par Becca, qui avait déboulé, désireuse d'analyser les raisons ayant poussé Jason à s'offrir ses services. Qu'est-ce que j'en pensais ? Fallait-il qu'elle lui passe un coup de fil (car il s'était éclipsé juste après que Schneck m'avait déclarée heureuse propriétaire de Mark) ? Je l'avais bien sûr incitée à téléphoner, soulignant néanmoins que rien n'avait changé — il avait été son ami avant les enchères, il l'était toujours.

— N'empêche, avait-elle objecté, il m'apprécie sûrement plus que comme une amie pour dépenser autant d'argent. Son geste ne s'explique pas seulement par son souci d'éviter que je ne récolte que l'enchère de mon père.

— Mark aussi a enchéri, lui avais-je rappelé.

— Parce que tu l'y as incité. Jason, lui, a agi seul. Il doit estimer que je suis sa « bonne ». Je l'appelle dès que je rentre. J'envisage même de faire un saut chez lui.

J'avais aussitôt attiré son attention sur l'heure tardive — les Hollenbach n'apprécieraient sans doute guère qu'elle débarque comme ça. Il y a des jours, je me demande où Becca a été élevée.

Quoi qu'il en soit, Mark et moi avons rendez-vous demain à la boutique, après les cours, afin que je le prenne en photo. Il me donnera aussi un coup de main pour distribuer des dépliants sur la place. Je tiens là l'occasion idéale de lui apprendre enfin qui je suis en dehors des murs confinés du lycée. Et loin des griffes de Lauren.

Car je suis convaincue que, s'il se donnait la peine de me découvrir réellement, il s'apercevrait à quel point je vaux mieux que Lauren. Malgré l'opinion de ma ringarde de mère, qui soupçonne les garçons tels que Mark de n'avoir qu'une idée en tête. D'après elle, maintenant que je l'ai acheté, il risque d'être persuadé que je suis prête à la lui offrir. La fameuse chose.

— Il sort avec cette crétine de Lauren Moffat uniquement parce qu'elle couche, a-t-elle décrété.

Consternant. J'ai failli en pleurer. Ça m'a rappelé la réflexion de Kirsten sur les gens populaires censés être aussi les plus gentils. À mon avis, Kirsten et ma mère sont les deux personnes les plus éloignées de la réalité qui soient. Car c'est une évidence : si je sortais avec Mark Finley, moi aussi, je coucherais. Même le père O'Dohan serait capable de comprendre ça.

Cendrillon n'a pas attendu le prince charmant.

L'une des erreurs les plus répandues chez les jeunes filles en ce qui concerne leur vie amoureuse, c'est de rester les bras ballants en espérant que leur prince charmant les trouvera, au lieu de se démener et de le chercher elles-mêmes.

N'oubliez pas que Cendrillon, en décidant de se faire belle et d'aller au bal, s'est mise en chasse avec détermination.

Et si elle a été aidée par sa marraine-fée, elle a quand même séduit le prince toute seule.

Alors, n'attendez pas que le vôtre vous trouve — montrez-vous et prouvez-lui que vous en avez dans le ventre.

Vendredi 1er septembre,
0 h 05 Cinquième jour de popularité

J'étais assise sur le lavabo de la salle de bains à observer Jason à travers mes jumelles Bazooka Joe quand brusquement, qui je vois ? BECCA ! Becca qui débarque dans sa chambre.

Le docteur Hollenbach l'avait sûrement laissée entrer. Il est toujours dans les nuages, la tête remplie de tant de pensées médicales qu'il ne lui viendrait jamais à l'esprit de renvoyer chez elle une fille qui se pointe à sa porte à vingt-trois heures trente et réclame de voir son fils. Au contraire, il l'envoie dans sa chambre !

Becca n'avait sûrement pas prévenu de sa visite par téléphone, parce que Jason était allongé sur son lit, torse nu, à écrire — sans doute un haïku en l'honneur de Kirsten — quand la porte s'est ouverte et est apparue celle que je m'attendais le moins à voir dans cette pièce. Jason a bondi comme s'il avait le feu aux fesses et a attrapé sa chemise (zut !).

Becca s'est mise à lui parler. Il a semblé complètement ahuri. Au bout d'un moment, il a dit quelque chose — impossible de décrypter ce que c'était. Pourquoi diable n'ai-je pas suivi une initiation à la lecture sur les lèvres au lieu de cours d'espagnol ? *Pourquoi ?* —, et Becca s'est affalée sur le lit, malheureuse.

C'est là que c'est arrivé. Jason s'est assis à côté d'elle, a passé son bras autour de ses épaules… et ils se sont embrassés !!!!! J'ignore qui a commencé, j'ai juste vu leurs têtes se rapprocher peu à peu, puis… vlan ! leurs bouches se sont collées l'une à l'autre.

Naturellement, et comme si ça ne suffisait pas, Pete a choisi ce moment pour débouler.

— Qu'est-ce que tu fabriques encore dans le noir ? a-t-il demandé.

— Rien ! Chut ! Tu vas réveiller tout le monde. Et puis ça t'arrive de frapper ?

— Y avait pas de lumière sous la porte. Mais… attends un peu, ma vieille ! Tu espionnes le nasique !

— Non ! ai-je piaillé, horrifiée. Et je t'interdis de l'appeler comme ça.

— Pourquoi ? Tu le fais bien, toi. Et ne me raconte pas de craques, tu as des jumelles. Hé ! D'ici, on voit tout ce qui se passe dans sa chambre. Oh, la vache ! C'est Becca, sur son lit ?

— DEHORS ! ai-je grondé en me retenant de le massacrer.

— Elle est folle, cette Becca de se peloter avec le nasique ?

— Non. Ils ne se pelotent pas. Tu vois ? C'est fini.

Pete et moi avons contemplé Jason qui, le dos tourné à la fenêtre, parlait à Becca, laquelle semblait hocher le menton. Difficile de comprendre ce qui se passait. Sauf que, soudain, elle s'est levée et est partie.

— Alors là ! s'est écrié Pete, ravi, compte sur moi pour le narguer avec ça au mariage.

— Pas question ! ai-je chuchoté en le pinçant assez fort pour qu'il glapisse. Tu ne diras rien de ce que tu viens te voir. Jason ne peut apprendre que tu l'as épié.

— Ben pourquoi ? Tu l'as bien maté, toi !

— Non. Je… méditais.

— Si ça t'arrange, Crazytop, a-t-il riposté en se tournant vers la cuvette des toilettes.

Cette fois, son cri a réveillé p'pa (Hé, il m'avait appelée Crazytop !).

— Que se passe-t-il, ici ? a demandé le paternel, groggy de sommeil.

— Rien, ai-je susurré, tout sucre tout miel. Bonne nuit.

Je n'en reviens pas. Becca et Jason ? D'accord, je savais qu'elle s'était amourachée de lui, mais de là à penser que c'était réciproque… En même temps, j'aurais dû m'en douter, vu qu'il l'a achetée ce soir. N'empêche. Jason et Becca ? Le monde est devenu fou.

Devenez irrésistible.

Comment ? Facile : en faisant ce qui vous plaît.

Ça paraît fou, mais c'est une vérité absolue : en vous consacrant aux activités que vous aimez — peinture, danse, lecture, philatélie, peu importe — vous serez heureuse, et les hommes, comme le reste du monde, sont incapables de résister aux personnes heureuses. N'oubliez pas ! Certains garçons sont timides, eux aussi. Or, une fille joyeuse et souriante est plus facile à approcher qu'une pisse-vinaigre revêche et distante.

Vendredi 1er septembre, 9 heures Cinquième jour de popularité

Becca n'a pas soufflé mot à ce sujet, dans la voiture ce matin. Pas un. Je n'arrive pas à croire qu'elle et Jason partagent un secret dont je ne sais rien. Plus précisément, dont je suis censée ne rien savoir.

Ce silence a sûrement un sens. Que nous soyons dans la Cadillac de son père et non dans la BMW de Jason aussi. S'ils sortaient ensemble, il l'aurait invitée à se rendre au lycée avec lui, non ? C'était un baiser de pitié, à mon avis. Elle lui aura avoué ses sentiments, il lui aura confié que son cœur appartient encore à Kirsten… ou alors, il lui aura resservi son discours sur l'âme sœur. Voilà pourquoi elle ne m'a rien raconté. Ou alors, c'est le contraire. Si ça se trouve, ce baiser était si spécial, important et sacré qu'elle veut le garder pour elle seule, le dorloter et le chérir, comme moi avec mon secret au sujet du caleçon Batman de Jason.

Et c'est son père qui la conduit au bahut parce qu'elle et Jason attendent le bon moment pour m'annoncer la nouvelle, la vérité à propos de leur histoire d'amour.

Je me demande en quel honneur je me pose toutes ces questions. Je n'aime pas Jason. Pas comme ça. Becca peut le prendre. Bon sang ! Moi, j'ai Mark Finley tout à moi pour cette journée !

Il faut que je me calme.

Malheureusement, la drôle de façon dont Mark m'a regardée ce matin, près des casiers, n'a rien arrangé.

— Salut, Steph ! m'a-t-il lancé. Qu'est-il arrivé à tes cheveux ?

C'est là que je me suis rendu compte que j'avais sauté l'étape brushing avant de quitter la maison. Un peu d'indulgence ! Une fille ne peut gérer cinquante drames à la fois sans en subir les conséquences. Que j'aie oublié de me coiffer (mes tifs rebiquaient de partout) n'avait rien d'étonnant, vu le spectacle que j'avais surpris la veille. Bien sûr, impossible de confier ça à Mark. Impossible de lui expliquer que j'avais l'air d'une folle parce que j'avais espionné mes deux meilleurs amis et les avais pris en flagrant délit de bécotage.

— Ah, ça ? Juste un nouveau look ! me suis-je donc bornée à répondre.

— Euh… intéressant. Sinon, ça te va si je passe vers six heures ? J'ai entraînement après les cours.

— C'est parfait. Je t'attends à six heures, donc.

— Ben, on ne se voit pas au déjeuner ? s'est-il exclamé, surpris.

— Ah si. Désolée.

— Et puis… écoute, à propos d'hier soir…

Comment ça, hier soir ? Il était au courant ? Avait-il lui aussi vu Becca et Jason s'embrasser ?

— Les enchères, a-t-il précisé devant mon air perdu.

— C'est ça, les enchères !

— On aurait gagné sept mille dollars, figure-toi.

— Sept mille neuf cent vingt-trois, l'ai-je corrigé. (Je suis comme ça.)

— Ouais ! a-t-il repris avec son sourire en coin. Énorme. Je voulais juste te remercier. C'est beaucoup plus que ce que les Terminales ont décroché l'an passé, et la rentrée vient juste d'avoir lieu.

Pourtant, j'avais l'impression que le moment où j'avais descendu ce couloir en mi-cuisses bleu marine et salué Mark comme si j'étais une personne réelle et non une paria remontait à des siècles.

— Tout ça grâce à toi, a-t-il poursuivi. Alors… vraiment, merci, Stéphanie.

Sur ce, il s'est penché vers moi et m'a embrassée sur la joue.

Juste à l'instant où Alyssa Krueger trottinait en direction des toilettes pour rectifier son mascara, car elle avait, apparemment, encore pleuré.

C'est étrange, mais il a été un temps où l'idée de Mark Finley m'embrassant, même sur la joue, aurait fait exploser mon cœur. Or, ça venait de se produire, et c'était comme… sans importance. Que m'arrivait-il ? Jason et Becca y ont-ils mis la langue ?

ATTENTION !

Trop vous soucier de votre popularité risque de vous rendre impopulaire !

N'oubliez jamais — tout le monde souhaite appartenir au groupe des gens cool. La vérité, c'est que si vous passez votre temps à vous inquiéter de votre popularité au lieu d'en profiter et de vous divertir en compagnie de vos amis, vous allez rater tout le plaisir que vous pourriez en retirer. De plus, qui apprécie la compagnie d'une fille bileuse ?

Alors, ne laissez pas votre désir de popularité vous mettre trop de pression sur les épaules. Il est plus important de vous amuser.

Vendredi 1er septembre, 13 heures Cinquième jour de popularité

Voilà, c'est arrivé. Le Livre m'avait prévenue — je ne l'ai pas cru.

Je n'ai pas réussi à affronter la cantine. J'ignore pourquoi. Je n'ai pas pu, c'est tout. Rien à voir avec Darlene. C'était plutôt par peur de ne pas y retrouver Becca. Il aurait alors été clair qu'elle était avec Jason, j'aurais su que c'était vrai, qu'ils étaient un couple maintenant, perspective qui m'a donné la nausée.

Bref, j'ai acheté une barre chocolatée et un soda aux distributeurs du gymnase, et je me suis réfugiée à la bibliothèque (dehors, il pleuvait). J'avais supputé que personne ne me croirait assez nulle pour déjeuner là et, donc, que j'y serais en sûreté.

À tort.

Parce que, à l'endroit exact où je comptais m'installer, au rayon biographies qui est toujours désert, se trouvait Alyssa Krueger. Je m'apprêtais à rebrousser chemin discrètement quand elle m'a vue. Écartant son propre en cas de sa bouche, elle a grommelé, d'une voix pour le moins hostile :

— Tiens, tiens ! Si ce n'est pas Steph Landry !

Sans prendre la peine de chuchoter, puisque personne ne met jamais les pieds à la bibliothèque du lycée, les documentalistes non plus, qui préfèrent rester à papoter dans leur bureau, vu qu'elles n'ont pas de clients, sauf quand un prof d'anglais décide d'y traîner sa classe.

— Écoute, Alyssa, ai-je répondu en tâchant de me souvenir de l'attitude que le Livre conseillait d'adopter face à ses ennemies (l'empathie, tout n'était qu'une question d'empathie), inutile de me reprocher ce qui s'est passé entre Lauren et toi. Tu n'aurais pas dû écrire ce mot.

— Ce n'est pas moi, c'est Lauren, a-t-elle marmonné, amère.

— Ça ne m'étonne pas. Il aurait mieux valu pour toi que tu dises la vérité à Mark.

— Ben voyons ! Et maintenant, Lauren et moi serions toutes deux assises ici !

Tirant une chaise de la table voisine, je me suis installée à côté d'elle.

— Si elle était vraiment ton amie, c'est bien ici qu'elle serait. Avec toi.

— C'est vrai, a reconnu Alyssa, dont les yeux se sont remplis de larmes. Quelle garce ! Enfin, tu es la mieux placée pour le savoir. Tu as fait les frais de sa méchanceté depuis… combien de temps, déjà ?

— Cinq ans.

— C'est ça. Et maintenant, regarde-toi.

J'ai obtempéré. Je portais un pantalon en velours étroit et un gilet, car on avait annoncé de la pluie et un refroidissement… juste avant le mariage de grand-père et Kitty, le lendemain. J'avais vérifié la météo et, par bonheur, le samedi était censé être dégagé.

— Pas tes fringues, a ronchonné Alyssa. Ton statut social. J'ai vu Mark Finley t'embrasser, ce matin.

— Sur la joue. Tu parles d'une affaire !

J'ai entamé ma barre chocolatée.

— N'empêche, il t'apprécie. Il l'a confié à Lauren. Il estime que tu es une *fille bien*.

Elle a craché ça comme s'il s'agissait d'une insulte.

— Je suis une fille bien, ai-je rétorqué. Enfin, la plupart du temps, ai-je ajouté en me rappelant le nombre de fois où j'avais épié Jason à l'aide de mes jumelles.

— Oui. Ça explique que Lauren crise. Comparée à toi, elle a l'air d'une garce.

— Elle n'a pas besoin de moi pour ça.

— Sans compter que, hier soir, tu as acheté Mark… Plus tard, je l'ai surprise dans les toilettes. Elle en écumait presque. Elle a juré de se venger de toi.

— Bah ! ai-je éludé en prenant un deuxième morceau (et tant pis pour le Livre qui déconseille de parler la bouche pleine). Qu'est-ce que je risque, après tout ce qu'elle m'a déjà infligé ?

— Aucune idée. N'empêche, à ta place, je surveillerais mes arrières. J'étais sa meilleure amie, regarde dans quelle situation elle m'a mise.

— Seulement parce que tu l'as laissée faire. Tu n'avais qu'à te défendre. Il faudrait vraiment que quelqu'un ose lui tenir tête, un jour...

— Tu es folle, a décrété Alyssa en se levant. Personne ne s'oppose à Lauren, Steph. Pas même toi.

— Et à ton avis, à quoi me suis-je amusée, toute cette semaine ?

— Ce n'est pas lui résister, ça. C'est jouer son jeu. Et j'aime autant te prévenir, tu vas perdre la partie. Parce qu'elle trouvera ton point faible, une façon de te démolir aux yeux de tes nouveaux amis. Et tu retourneras à la case départ, crois-moi.

Sur ces fortes paroles, elle est partie. J'ai terminé mon frugal repas en méditant son discours. En vérité, je n'arrivais pas à imaginer Lauren réussissant à tirer le tapis de sous mes pieds. Elle ne disposait d'aucune arme. J'avais tous les atouts en main, maintenant que Mark m'aimait bien, ce qui mettait Lauren en position de faiblesse.

Bref, j'étais plutôt contente de moi quand j'ai sauté sur mes pieds pour quitter à mon tour la bibliothèque. Enfin, jusqu'à ce que je découvre qui était installé dans une autre section de la pièce, à dix mètres à peine de l'endroit où Alyssa et moi avions discuté.

— Qu'est-ce que tu fiches ici ? me suis-je emportée.

— J'essaie d'avoir la paix, a répondu Jason. Mauvais endroit, apparemment.

— Pourquoi ne t'es-tu pas enfermé dans ta bagnole ?

— Pour que tout le monde m'y déniche ?

J'ai tenté d'oublier que, par « tout le monde », il entendait Becca, et que cela signifiait qu'il l'évitait. Premièrement, je m'en moquais. Deuxièmement, que cela me ravisse n'avait aucun sens.

— Elle a raison, tu sais, a-t-il repris en hochant la tête en direction de la porte par laquelle Alyssa était sortie. À propos de Lauren. Elle finira par se débrouiller pour t'apprendre à avoir acheté son mec.

— Arrête, j'en tremble déjà !

— Tu as tort de le prendre à la légère. Elle est capable de te mener une vie infernale.

— Tu étais où, ces cinq dernières années ? ai-je riposté en le dévisageant, ahurie. Explique-moi un peu comment Lauren pourrait gâcher mon existence plus qu'elle ne l'a déjà fait.

— Justement, je ne comprends pas que tu aies envie d'être son amie, a-t-il répondu en me tendant un paquet de chips à l'oignon.

— Ce n'est pas le cas, ai-je objecté en déclinant les amuse-gueule.

— Alors, pourquoi ce cirque, toute la semaine ?

— Je veux seulement être populaire.

— En quel honneur ?

Le plus bizarre, c'est qu'il ne pigeait vraiment pas.

— Parce que toute ma vie, enfin à partir de la Sixième, a été un enfer, Jason, ai-je soupiré, stupéfaite de devoir mettre les points sur les « i ». Il est grand temps que je goûte un peu au paradis.

— Quel intérêt ? Tu n'es plus toi-même.

— Si.

— Mon œil ! Comme si ces cheveux, c'était toi. Enfin, aujourd'hui si, s'est-il repris en me voyant porter ma main à ma tête. Totalement Crazytop. Mais le reste de la semaine… combien de temps ça te prend ? Une demi-heure tous les matins ? Qu'est-ce qui te pousse à rechercher l'amitié de gens qui ne daignent s'adresser à toi que si tu as les tifs raides ? Que reproches-tu à tes anciens amis, à ceux qui t'aimaient telle que tu es ?

— Rien. En même temps, qu'y a-t-il de mal à en vouloir de nouveaux ?

— Rien. N'empêche, *Lauren Moffat* ? Ou tu essaies juste de lui piquer son petit copain ?

— Ça n'a aucun rapport, me suis-je défendue en me sentant rougir.

— Ah bon ? Tu claques mille dollars comme ça, sans raison ?

— J'essaie juste de rapporter des clients au magasin, ai-je riposté en prenant une poignée de chips. (Au diable les calories !)

— Ben voyons ! Et tu n'es évidemment pas folle de lui.

— Exactement ! Comme toi, tu ne t'es pas entiché de Becca !

Paroles que j'ai aussitôt regrettées. Trop tard !

— Quoi ? s'est-il insurgé, le visage tordu par une drôle de grimace (du moins, pour quelqu'un qui, à peine douze heures plus tôt, avait embrassé ladite Becca). Depuis quand suis-je amoureux d'elle ?

— Tu as acheté ses services, ai-je souligné (dans la mesure où il m'était difficile d'avouer que j'avais assisté au baiser).

— Évidemment ! Tu voulais que je la laisse subir l'humiliation de n'avoir que son père pour enchérir ? Je ne pouvais quand même pas laisser *Mark Finley* s'en charger.

— Quel mal à ça ? Mark est un type super.

— Ha ! Ha ! Ha ! Libre à toi d'apprécier les toutous qui se contentent d'obéir à leur copine. Ou à toi, en l'occurrence.

— Mark n'est pas comme ça. Il…

— Comme tu voudras, Steph, m'a-t-il coupée en se levant. Alyssa est une gourde, mais elle a raison sur au moins un point. La seule chose que tu récolteras à force de fréquenter des gens comme Lauren Moffat et son chéri, c'est de te brûler les ailes. Et quand cela se produira, j'espère seulement que je serai là pour y assister.

Le plus étrange, c'est que, quand c'est arrivé… il était effectivement là.

Êtes-vous quelqu'un de fiable ?

Les gens aiment ceux sur qui ils peuvent compter.

Êtes-vous « là » quand vos amis ont besoin d'une main secourable ou simplement d'une épaule sur laquelle pleurer ?

Remboursez-vous vos emprunts à temps (si possible, dès le lendemain) ?

Arrivez-vous à l'heure aux fêtes et autres événements sociaux ?

Honorez-vous vos obligations et promesses ?

Ce sont là des qualités intrinsèques aux personnes populaires.

Vendredi 1er septembre, 14 heures Cinquième jour de popularité

Et ça s'est produit juste au moment où nous sortions de la bibliothèque. Enfin, « nous »... pas exactement, car Jason et moi n'avions nulle intention de rester en compagnie l'un de l'autre. Il me précédait, me semant sans difficulté vu la taille de ses jambes. Cependant, quand il a découvert qui m'attendait dans le couloir, il a ralenti, histoire de profiter du spectacle.

Sympa, non ?

Toute la bande était là. Lauren, Mark, Todd, Darlene et sa cour, Bebe. Ne manquait qu'Alyssa Krueger. Sauf qu'elle n'était pas très loin. Je l'ai aperçue qui remplissait une bouteille à la fontaine à eau, aux aguets.

— La voici ! s'est écriée Lauren, à ma plus grande surprise. Bon sang, Steph ! Tu étais passée où ? Nous t'avons cherchée partout !

— Oui, pourquoi n'es-tu pas descendue déjeuner avec nous ? a renchéri Darlene à qui je semblais avoir réellement manqué.

— Euh… J'avais besoin de vérifier quelque chose, ai-je balbutié (lamentable !). J'ai un examen, tout à l'heure.

— Flûte ! a lâché Darlene, désolée pour toi.

C'est Lauren qui a attaqué la première.

— Ce type, là, a-t-elle lancé en me montrant la photo en une de *La Gazette de Bloomville* datée du mercredi, c'est bien ton grand-père ?

Ahurie, j'ai contemplé le cliché sur lequel ce dernier levait les bras vers la rotonde de l'observatoire. Où Lauren voulait-elle en venir ?

— Euh… oui.

— C'est à lui que ce truc appartient, alors ? a insisté la garce en tapotant du doigt l'image du bâtiment.

— Eh bien… il en a ordonné la construction, mais il compte le donner à la ville…

— Ce n'est pas encore fait, hein ? Ce machin n'est pas encore ouvert au public ?

— Non. C'est prévu pour la semaine prochaine…

— Donc, il est vide ?

J'étais sûrement une imbécile, je ne voyais toujours pas où tout cela nous menait.

— Ben oui. Enfin, il y a des ouvriers…

— La journée.

— Oui…

— Le soir, il n'y a personne.

— Non. Pourquoi…

— Tu vois ! a crié Lauren, triomphante, à l'adresse de Mark. Je te l'avais dit. C'est idéal.

— Idéal pour quoi ?

— Pour la bringue de Todd ! D'habitude, il l'organise aux carrières, mais il va pleuvoir toute la nuit. Il voulait annuler, puis je me suis rappelé que ton grand-père avait construit l'observatoire, qu'il n'était pas encore ouvert, et que tu pouvais sûrement nous y introduire.

— Tu peux, hein ? s'est empressé d'intervenir Todd. Tu as la clé ?

— Ben… oui. Sauf que je…

— Ah ! s'est exclamée Lauren avec un nouveau coup d'œil ravi à l'intention de Mark. Steph, tu es la meilleure !

— Une minute ! ai-je protesté. (Cela n'était pas en train d'arriver. Il était hors de question que ça arrive.) Combien serez-vous ?

— Une petite centaine, a précisé Todd. Cent cinquante peut-être. Ne t'inquiète pas, Steph, mes fêtes sont très exclusives. Sur invitation seulement. On collera quelqu'un à l'entrée, histoire de veiller aux flics et tout le toutim. Comme il va flotter toute la nuit, il n'y aura personne dans la Grande-Rue ou sur le Mur. Je te jure qu'on sera super discrets. Tout ce qu'il nous faut, c'est que tu nous ouvres aux alentours de dix heures. Rien de plus.

J'ai pensé à l'observatoire, à ses murs blancs et à son sol immaculé, à l'énorme télescope, à la salle de contrôle et ses appareillages. Puis j'ai pensé à toutes les fiestas d'ados que j'avais vues à la télé ou au cinéma, puisque je n'avais jamais été invitée à l'une d'elles.

— Je ne crois pas que…, ai-je commencé.

— Ah, Steph, sois cool, m'a cajolé Mark en me dévisageant de ses yeux noisette. On fera gaffe. Tu ne risques rien. Et si tes parents te chopent, je dirai que c'est ma faute. Juré.

Je l'ai contemplé, hypnotisée par ses iris dorés.

— D'accord, ai-je murmuré d'une voix faible.

— Hourra ! a braillé Todd en échangeant une tape virile avec Mark.

Lauren a paru satisfaite.

— Alors… ça veut dire que la fête est maintenue ? s'est enquise Darlene.

— Ouais, bébé, a confirmé Todd en essayant de passer son bras autour de sa taille (elle s'est prestement esquivée).

— Formidable ! a-t-elle minaudé. Je vais pouvoir mettre mon pantalon en daim.

— Tu es géniale ! m'a assuré Lauren. Je savais que nous pouvions compter sur toi, Steph.

À cet instant, la cloche a retenti, et tout le monde s'est dispersé. Sauf Jason. Qui, me regardant, a dit :

— Je savais que nous pouvions compter sur toi, Steph.

Mais d'une façon totalement différente de celle de Lauren.

Puis, il s'est éloigné.

Les gens populaires sont des gagnants.

Le meilleur moyen de remporter une querelle, c'est de commencer par l'éviter. Il suffit pour ça de respecter l'opinion des autres, même si vous estimez qu'ils ont tort. Ne le leur dites jamais, d'ailleurs. Et si, par hasard, c'est vous qui vous trompez, admettez-le très vite !

Il vaut toujours mieux laisser les autres parler. Et leur laisser croire que c'est eux, pas vous, qui sont à l'initiative de quelque chose.

Les meilleurs négociateurs essaient réellement d'envisager la situation du point de vue de leur(s) interlocuteur(s) et font preuve de compréhension envers leurs idées, leurs opinions et leurs souhaits.

Vendredi 1er septembre, 16 heures Cinquième jour de popularité

Je n'arrive pas à croire à ce qui se passe.

Sérieux, dans quel pétrin me suis-je fourrée ?

Il est exclu que je m'oppose à leur projet de bringue. Sinon, ils me détesteront. Ce pour quoi je me suis acharnée, ce que j'ai soigneusement planifié, ma récente popularité — tout cela sera balayé. Comme un fétu de paille. J'aurais commis la plus grosse Steph Landry de toute l'histoire du comté de Greene.

En même temps, je ne peux décemment pas les autoriser à détruire ce pour quoi grand-père a, lui aussi, bossé comme un dingue. Parce qu'ils casseront tout. Les assurances de Todd sont du vent. L'observatoire est bourré d'équipements ultrasensibles. Une centaine d'ados déchaînés, c'est la mort assurée de ces installations précieuses et hors de prix.

Je m'y refuse. Je m'oppose à ce qu'ils bousillent le cadeau de mariage de grand-père à Kitty.

En même temps, je ne veux pas commettre la Steph Landry du siècle.

Bon sang ! DANS QUEL PÉTRIN ME SUIS-JE FOURRÉE ???

— Qu'est-ce que tu as ? vient de s'exclamer ma mère. Tu ne tiens pas en place depuis ton arrivée ici.

Ici, c'est le magasin. Vu que je suis censée y prendre les photos de Mark pour notre publicité.

— Rien, ai-je répondu. Tout va bien.

Et si Jason vendait la mèche ? Je lui ai posé la question. Après les cours, je l'ai attendu sur le parking. Il a déboulé en courant à toutes jambes. J'ignore qui il fuyait, mais ce n'était pas moi, car quand je l'ai hélé et qu'il s'est retourné, il a paru soulagé de me voir. Même si, pendant notre conversation, ses yeux n'ont cessé de regarder de tous les côtés, comme s'il guettait quelque chose ou quelqu'un.

— Quoi ? m'a-t-il lancé, plutôt acerbe.

— Juste un détail. Tu comptes rapporter ?

— Rapporter quoi ?

— Ne fais pas l'idiot. La fête, ce soir. Vas-tu en parler à tes parents ? À Kitty ?

— Ce ne sont pas mes oignons. Je n'ai pas été invité, je te signale.

— Je suis au courant, ai-je admis sans prendre la peine de lui assurer que, au contraire, il était invité. (De toute façon, il ne viendrait pas.) N'empêche. Vas-tu essayer de l'empêcher ?

— Écoute, Steph. Cette semaine, tu as clairement prouvé que tu désirais n'agir qu'à ta guise et que tu n'avais rien à fiche de l'aide ou de l'opinion des autres. Jusqu'à présent, tu t'es très bien débrouillée sans moi. Alors, pourquoi me mêlerais-je de tes affaires maintenant, hein ?

J'ai senti mes épaules se libérer d'un poids énorme.

— Donc... tu ne diras rien ?

— Non. Je vais me contenter d'espérer que tu prendras la bonne décision. Puisque, de toute façon, tu es persuadée de ne jamais te tromper.

— Si je leur gâche leur fiesta, ils me haïront, ai-je riposté, furax.

— C'est vrai.

— Et si je les laisse agir, *tu* me haïras. En admettant que ce ne soit pas déjà le cas.

— En admettant aussi que ce que je ressens à ton égard compte.

— Ça importe, ai-je crié, blessée qu'il ait osé en douter.

Malheureusement, je pense qu'il ne m'a pas entendue car, à cet instant, après avoir aperçu quelque chose derrière moi, il a pâli.

— À plus, m'a-t-il lancé avant de filer vers la Béhème.

Incompréhensible ! Quand je me suis retournée, j'ai découvert Becca et Stuckey qui sortaient du lycée.

— Tu ne bavardais pas avec Jason ? s'est enquise Becca en me rejoignant.

— Si.

Apparemment, quoi qu'ils se soient dit la veille, il y avait de l'eau dans le gaz. Jason s'efforçait d'éviter Becca avec une constance remarquable. Pourquoi ? Après tout, il avait enchéri sur elle et l'avait embrassée.

— Il avait des trucs à régler pour le mariage, ai-je ajouté, histoire que Becca ne se vexe pas.

— Ah bon. Stuckey me ramène. Tu viens avec nous ?

J'ai accepté. J'avais beau ne pas tenir énormément à tout connaître des victoires triomphales des basketteurs de l'université de l'Indiana, c'était préférable au trajet en bus. Étonnamment d'ailleurs, Stuckey a réussi à aborder un ou deux sujets autres, parmi lesquels le collage (il avait passé trop de temps en compagnie de Becca, celui-là) et de la bringue prévue le soir même dans l'observatoire.

— Tu n'es pas au courant qu'ils veulent l'organiser là-bas, hein, Steph ? a-t-il demandé. Il y a des rumeurs, mais elles sont sûrement fausses. Je ne vois pas comment tu pourrais les y autoriser. J'ai entendu parler des fiestas de Todd Rubin. L'an dernier, ils ont fait ça dans la baraque d'un mec dont les parents étaient à Aruba[1]. Il y en a eu pour dix mille dollars de dégâts. Quelqu'un a même incendié le tapis du salon. Des gars qui voulaient écrire leur nom en lettres de feu avec le gaz d'un briquet.

— Oh, s'est exclamée Becca, la confiance incarnée, Steph ne permettrait jamais qu'on abîme l'observatoire de son grand-père. Tu dois te tromper, John.

1. Lieu de villégiature dans les Petites Antilles.

Rigolo. Je n'aurais jamais cru que Stuckey avait un prénom. Encore moins celui de John.

Passons.

Je n'ai plus qu'une solution. J'ai mis un bon moment à la trouver, mais c'est l'unique façon de me sortir de ce mauvais pas sans pour autant perdre ma popularité. Ça ne va pas être facile. J'ai néanmoins suffisamment appris grâce au Livre pour réussir. Certes, ça va beaucoup dépendre de Mark. Pas de souci ! Jason se trompe complètement à son sujet.

Mark va tout arranger. Sûr et certain. Je le sais.

Une personne populaire est capable d'amener n'importe qui à changer d'avis.

Mode d'emploi :

1) commencez par chanter les louanges de votre interlocuteur — les gens aiment s'entendre dire du bien d'eux-mêmes ;

2) évoquez vos erreurs. Mentionnez que vous êtes consciente que personne n'est parfait, vous moins que quiconque ;

3) glissez subtilement sur l'erreur de votre interlocuteur ;

4) donnez-lui la chance de s'expliquer/de sauver la face ;

5) félicitez-le pour avoir reconnu son faux pas. Puis suggérez-lui une meilleure façon de se comporter la prochaine fois, en vous assurant cependant que votre interlocuteur pense qu'il est à l'origine de la solution ;

6) soyez encourageante. Arrangez-vous pour que la faute paraisse facile à corriger ;

7) débrouillez-vous pour que votre interlocuteur soit heureux de faire ce que vous lui avez suggéré.

Le problème est réglé !

Vendredi 1er septembre, 20 heures Cinquième jour de popularité

Mark est arrivé à dix-huit heures tapantes, comme il l'avait promis. Il avait encore les cheveux humides de la douche d'après l'entraînement — à moins que ce ne soit parce qu'il pleuvait.

Aucune importance — il était craquant, comme d'habitude.

— Salut ! a-t-il lancé quand je suis sortie de derrière le comptoir. (Il était en train d'inonder la moquette, mais comment pouvais-je m'en soucier après avoir plongé dans l'or de ses yeux ?) Ça roule ?

— Super. Mark, je te présente ma mère.

Celle-ci s'était attardée pour le rencontrer, bien que ses chevilles lui fassent un mal de chien et que mon père ait préparé son célèbre (en tout cas dans le comté de Greene) *chili con carne* pour le dîner. Elle a avancé d'un pas, lui a serré la main.

— Bonjour, Mark, ravie de te connaître, a-t-elle dit, et merci d'avoir accepté de jouer le jeu. Tu ne sais pas combien c'est vital pour Steph. Euh... pour moi. Enfin, pour la boutique.

Tous deux ont éclaté de rire. J'ai trouvé très satisfaisant de constater qu'il avait le pouvoir de déstabiliser les femmes frisant la quarantaine — même celles à leur huitième mois de grossesse et déjà mères de cinq enfants — aussi fortement que leur fille de seize ans.

— Tout le plaisir est pour moi, a-t-il répondu. Enchanté.

Me laissant — pour une fois — me dépatouiller avec mes propres affaires, ma mère a pris son parapluie et s'est éclipsée.

— Vu le temps, a-t-elle dit avant de partir en montrant la pluie qui zébrait la vitrine, vous ne devriez pas être dérangés par les clients. De plus, Darren est dans le bureau, il mange un morceau. Appelez-le si vous avez besoin de quelque chose.

— Pas de souci, ai-je assuré.

Je n'ai pas manqué de remarquer qu'en sortant elle ajoutait, juste des lèvres : « Tu as raison. Il est mignon ! » Dieu merci, Mark était occupé à feuilleter un exemplaire de *Sports Illustrated* et il n'a rien vu.

J'avais préparé à l'avance l'appareil photo numérique de la famille, histoire de ne pas perdre de temps.

— Je pensais te demander de poser dehors, ai-je annoncé, mais avec toute cette flotte... Ça t'embêterait de prendre place dans un des fauteuils de la section « romans populaires » ?

— Penses-tu !

Il m'a suivie à l'endroit requis, où il s'est assis sur un de nos vieux sièges en cuir usés, un exemplaire du dernier livre de John Grisham dans les mains.

— Parfait ! ai-je commenté. Dans le genre « Quand il ne mène pas les Poissons-Chats du lycée de Bloomville en finale, Mark Finley se détend à *La Librairie du Tribunal.* »

— Il faudrait déjà que je parvienne à les conduire en finale, a-t-il objecté avec un sourire modeste.

— Oh, je ne m'inquiète pas pour ça ! me suis-je exclamée en commençant à le mitrailler. Lève un peu le menton… voilà… Tu réussis tout ce que tu entreprends. Tu es comme ça, c'est tout.

— Eh bien, je n'en sais trop rien, a-t-il répondu, la mine de plus en plus épanouie.

— Crois-moi, va ! Tu es stupéfiant. Pas seulement sur le terrain de foot, d'ailleurs.

— Arrête ! a-t-il protesté en levant les yeux au ciel. (N'empêche, il était aux anges.)

— Arrête toi-même. Tu sais que c'est vrai. J'aimerais tant te ressembler.

— Oh, s'il te plaît, tu es assez formidable aussi, dans ton genre. Regarde ! Aucun élève du bahut n'avait encore imaginé pareil moyen de récolter autant d'argent que toi en une seule soirée.

— L'argent m'intéresse, c'est pour ça. Malheureusement, je ne suis pas aussi douée avec les gens. Ta copine, par exemple. Tiens, si tu passais une jambe

par-dessus le bras du fauteuil ? Comme ça, oui, l'air décontracté.

— Lauren ? a-t-il lancé, sérieux soudain.

— Oui, Lauren. J'imagine que tu n'es pas au courant, mais elle m'a détestée pendant des années.

— Pas du tout, a-t-il nié en retrouvant sa bonne humeur. Lauren te trouve super. Elle m'a même raconté que vous jouiez à la Barbie ensemble, petites.

— Ah bon ? Et si nous faisions quelques clichés près du comptoir ? Comme si tu achetais quelque chose, hein ?

— Allons-y, a-t-il acquiescé en se levant, me donnant par la même occasion une vue imprenable sur son derrière serré dans son jean étroit et délavé.

— C'est juste que… (J'ai avalé ma salive.) À propos de cette fête…

— C'est géant de ta part de nous laisser utiliser l'observatoire. Tu nous sauves. Une fois de plus.

Il avait pris la pose près de la caisse, le menton dans la main. Son aisance devant l'appareil était telle que j'ai deviné qu'il avait déjà joué les mannequins. Le menton dans la main faisait un peu catalogue au rabais, mais je n'ai pas relevé.

— D'accord. Néanmoins, pour ce qui est de cette chose avec Lauren…

— Quelle chose ?

— Ce qui nous oppose…

— Rien ne vous oppose ! a-t-il rigolé. En tout cas, pas du côté de Lauren. Elle t'adore, Steph. Tu as vu comment elle a rompu avec Alyssa quand celle-ci t'a

écrit ce vilain mot ? Si elle ne t'aimait pas, pourquoi aurait-elle laissé tomber sa meilleure amie ?

« Pour s'accrocher à toi », ai-je eu envie de répondre.

— Je crois que c'est un peu plus compliqué, ai-je soupiré à la place. Et je m'inquiète de…

— Attends ! m'a-t-il soudain coupée en se figeant, un coude sur le comptoir, un poing sur la hanche. Je crois savoir de quoi il s'agit.

— Comment ça ? ai-je balbutié, ahurie.

— Oui.

C'est là qu'il l'a fait. Il a tendu le bras, a pris ma main libre, et m'a attirée contre lui. Je n'ai vraiment compris ce qui se passait qu'une fois à deux centimètres de lui, lorsqu'il a collé un doigt sous mon menton pour relever mon visage, de façon que je plonge dans ses yeux.

— Tu as peur que les gens abîment l'observatoire de ton grand-père ce soir, a-t-il murmuré en me gratifiant de cette moue qui me déchire toujours le cœur.

Dieu soit loué ! Il avait enfin pigé. Sans que j'aie besoin de m'expliquer.

— Euh… oui. C'est vrai. Et j'espérais que tu accepterais de convaincre Lauren et les autres que je ne peux vraiment pas…

— Tu es une fille tellement bien, a-t-il chuchoté.

Ah ! Si seulement il avait su la vérité.

— Euh… merci. Alors, crois-tu que tu…

Je n'ai jamais terminé ma phrase. Mark s'était penché et avait posé sa bouche sur la mienne.

Oui. Il m'embrassait.

Sur les lèvres, cette fois.

Je ne me souviens absolument pas si je lui ai rendu son baiser. J'étais tellement surprise que je n'ai pas su comment réagir. Après tout, je n'ai pas une grande expérience de ces choses-là, n'ayant encore jamais été embrassée. Je crois que je suis restée plantée là, à le laisser agir, consciente du bruit de la circulation dans la rue, du goût de ses lèvres et de la chaleur de son corps.

Mark Finley m'embrasse. Voilà ce qui n'a cessé de tourbillonner dans mon esprit durant tout ce temps. *Mark Finley m'embrasse.* J'ai entendu dire que, lors d'un baiser, on est censé vivre un véritable feu d'artifice, entendre un chœur d'anges chanter et des petits oiseaux pépier, comme dans les dessins animés, quand un personnage a reçu un coup de poêle à frire sur la tête. J'ai donc fermé les yeux et tendu l'oreille, à l'affût des pétards, des angelots et des zoziaux.

Mark Finley m'embrasse. MARK FINLEY M'EMBRASSE.

Et je les ai vus, je les ai entendus. Et comment, même !

Mark a fini par se détacher de moi. Me dévisageant de ses yeux à demi dissimulés par ses épais cils bruns, il a murmuré de sa voix grave :

— Bon Dieu, ce que tu es jolie. On ne t'a jamais dit à quel point tu es jolie ?

J'ai secoué la tête. Il me semble que je n'aurais pas réussi à parler si j'avais essayé. Je ne pensais qu'à une chose — *Mark Finley m'a embrassée. Mark Finley trouve que je suis jolie. MARK FINLEY TROUVE QUE JE SUIS JOLIE.*

— Ça a été plus fort que moi, a-t-il repris en caressant du pouce mes lèvres frémissantes. Désolé. Tu es si jolie que j'ai succombé. Tu me pardonnes ?

Lui pardonner ? De m'avoir embrassée ? Alors que je me débattais pour ne pas tomber à genoux et le remercier ? *Mark Finley m'a embrassée. MARK FINLEY M'A EMBRASSÉE.*

— Ne t'inquiète pas, Steph, je ne les laisserai pas saccager l'observatoire de ton grand-père.

Évidemment que je ne m'inquiétais pas. Parce que… eh bien, parce que c'était Mark Finley. MARK FINLEY. Qui m'avait embrassée. Qui me trouvait bien. Qui me trouvait jolie.

— Tu as assez de photos ?

— Oui, ai-je soufflé, dans un état second.

— C'est bon si je me sauve ? Je dois aller acheter la bibine pour ce soir.

— Oui, ai-je répété.

J'étais vraiment dans un état bizarre. Un peu comme si j'étais sortie de mon corps et que je regardais cette fille appelée Stéphanie jouer une scène d'amour avec un type prénommé Mark. Un type prénommé Mark qui venait de l'embrasser.

— Génial.

Sur ce, il m'a embrassée une nouvelle fois, légèrement, sur le front.

— À toute, alors. Dix heures.

Il est parti.

L'âme de la fête, c'est VOUS !

Organiser une fête ne devrait pas être compliqué. Ci-dessous, quelques tuyaux pour que tout le monde s'amuse... y compris l'hôtesse des lieux :

1) si l'un de vos invités débarque avec ses propres invités — que vous n'attendiez pas — faites-leur bon accueil. Vous connaissez le vieux proverbe : Plus on est de fous, plus on rit;

2) détendez-vous si votre maison n'est pas assez propre — ou assez grande — à votre goût. Vos amis se sont réunis pour profiter mutuellement de leur compagnie, pas pour une inspection générale;

3) la musique réussit toujours à égayer une ambiance. Assurez-vous juste que vous avez les derniers tubes en réserve pour animer votre soirée;

4) amusez-vous. Rien de tel pour casser l'entrain général qu'une hôtesse sur des charbons ardents !

Vendredi 1er septembre, 22 heures Cinquième jour de popularité

Darren est sorti du bureau juste au moment où Mark s'en allait.

— Qui c'était, ce type ? a-t-il demandé en s'approchant du comptoir.

— Ce type, ai-je répondu en suivant du regard Mark qui regagnait son 4 × 4 garé juste devant le magasin, c'était Mark Finley.

— LE Mark Finley ? a sifflé Darren. Et mes yeux m'auraient-ils joué un tour, ou vous vous embrassiez ?

— Non, tu n'as pas rêvé, il m'a embrassée.

— Félicitations, gamine. Tu vois, tu ne me croyais pas, mais j'avais raison de dire que tu aurais un cavalier pour le bal de fin d'année.

Réflexion qui m'a ramenée aussi sec sur terre.

— Non, ai-je protesté faiblement. Il a déjà une copine.

— Quoi ? s'est écrié Darren, écœuré. Ce ne sont pas des manières, ça ! Qu'est-ce qui lui a pris ?

Les oiseaux qui s'égosillaient dans ma tête se sont tus. Le frémissement de mes lèvres a disparu.

C'est la vérité. Mark a une petite amie. Pourquoi ce baiser ? Il a dit que j'étais jolie, et qu'il avait succombé. Sauf que… jusqu'à présent, il n'a jamais semblé avoir de difficultés à résister à la tentation. Suis-je censée prendre pour argent comptant ses assertions comme quoi je suis jolie et… déjà ? Ah oui. Une fille bien. Certes, après Lauren, « une fille bien », ça doit le changer de régime. Mais je doute fortement que Lauren se conduise mal en sa présence. Je n'y crois pas, même. Ses vacheries, elle s'en défausse sur les autres. Alyssa Krueger, par exemple.

Qui avait raison, à propos. Lauren a effectivement trouvé un moyen de prendre sa revanche.

C'est à cause d'elle que je suis ici à écouter la pluie tambouriner sur la rotonde de l'observatoire, dans le noir, attendant que la bande arrive pour ouvrir. Histoire qu'ils puissent saccager les lieux et tout ce pour quoi mon grand-père a travaillé si dur cette année. Car c'est ce qui va se produire, en dépit des assurances de Mark. Maintenant que l'excitation de son baiser est passée, et que je suis revenue à la réalité, je le pressens. Ils vont tout abîmer. Tout mettre en pièces.

D'un autre côté, qu'en est-il de ce pour quoi *j'ai* travaillé si dur ? Qu'en est-il de *moi* ? J'obtiens enfin que les gens cessent de parler de moi méchamment

— « Arrête tes Steph Landry ! » — et s'adressent à moi normalement… m'embrassent, même, pour peu qu'ils soient Mark Finley… et je vais jeter tout ça aux orties parce que je suis si coincée, si différente, que je ne supporte pas la perspective que mes pairs vivent ce qui, d'après tous les livres que j'ai lus et les films que j'ai vus, est une expérience adolescente normale.

Suis-je vraiment une fille bien ?

Non. En aucun cas. J'ai fait rouler des canettes de soda sur le sol de l'auditorium. J'ai saupoudré du sucre sur la tête de Lauren Moffat. J'ai espionné mon futur demi-je-ne-sais-quoi quand il était nu. Je ne suis pas une fille bien. Certainement pas.

Alors, pourquoi fais-je ça ?

Parce qu'il le faut. Quand ils frapperont, je leur ouvrirai. Je le dois. Je ne les lâcherai pas. Je ne permettrai pas que les choses reviennent à leur point de départ. Je ne commettrai pas une nouvelle Steph Landry.

Grand-père comprendra. J'ai économisé suffisamment d'argent pour rembourser la plupart des dégâts. Dans la limite de quelques milliers de dollars, s'entend, car je suis un peu juste en ce moment, après mon enchère sur Mark.

Mais Kitty ? *Elle* sera blessée.

Pourtant, je parie qu'elle a commis des bêtises identiques quand elle avait mon âge. Pas grand-père, il était trop occupé avec ses multiples boulots à droite et à gauche pour aider financièrement sa famille d'immigrants. Kitty comprendra. Elle a lu le Livre, non ? Elle *sait*. Elle sait combien c'est difficile.

Reste Jason.

Flûte ! Pourquoi a-t-il fallu que je pense à lui ? Je refuse de penser à lui. Je le refuse !

« Je savais que nous pouvions compter sur toi, Steph. » C'est ce qu'a dit Lauren. Jason aussi. D'une façon complètement différente, cependant. Qu'est-ce que j'en ai à fiche, de l'opinion de Jason ? Après tout, c'est lui qui passe son temps à embrasser Becca dans sa chambre. Même si je me moque qu'il bécote d'autres filles que moi. Je ne l'aime pas comme ça.

D'ailleurs, moi aussi j'ai embrassé d'autres garçons. Enfin, un.

N'empêche, Becca ! Pourquoi s'est-il senti obligé de l'embrasser, elle ? Pourquoi a-t-il fallu qu'il l'achète, elle ?

Ômondieu ! Voilà que je recommence.

Pour quelles raisons est-ce que ça me tracasse autant ? Je devrais me réjouir pour eux, non ? Qu'ils soient un couple.

Bon sang, si c'est le cas, je leur arrache la tête !

Non ! Je serai contente pour eux. Ce sont mes amis. Ils méritent de connaître les joies du romantisme.

Mais pourquoi a-t-il fallu que Jason les vive avec Becca, hein ?

Pourquoi je déraille comme ça, moi ? Pourquoi je n'arrive pas à me sortir Jason du crâne ? *Mark Finley* vient juste de m'embrasser. Sur les lèvres. J'ai vu des feux d'artifice ! J'ai entendu un chœur d'anges !

C'est juste que…

Et si ce n'était pas seulement les hormones ? Ce que j'éprouve quand Jason et moi pratiquons la lutte couchée, s'entend. Ou quand je ne peux m'empêcher de l'épier par la fenêtre. S'il s'agissait d'autre chose que de la légitime curiosité d'une adolescente pour le sexe opposé ?

Impossible. IMPOSSIBLE ! J'AIME MARK FINLEY. JE L'AIME. JE…

Tu parles ! Je crois même que je ne l'apprécie plus du tout. Parce que, pardon, mais quel type faut-il être pour faire des trucs pareils ? Embrasser une fille tout en sortant avec une autre ? Ce n'est pas bien. Ce n'est pas cool. C'est même carrément dégoûtant. Hypocrite. C'est à l'opposé de ce que le Livre dit du comportement des garçons populaires. D'après lui, les mecs populaires agissent. Ils ne draguent pas. Ils ne sont pas censés tromper leurs copines.

Ils ne sont pas censés embrasser d'autres filles en public.

Ils ne sont pas censés embrasser d'autres filles en public pour les amener à agir comme ils le veulent.

Ils sont censés être gentils. Drôles. Ils sont censés être des amis fidèles.

Comme Jason.

Bon Dieu ! Qu'est-ce qui m'arrive ?

Impopulaire (adjectif) : qui déplaît ; qui est mal vu par son entourage ; dont on fuit la compagnie.

Vendredi 1er septembre,
23 heures

Je n'ai pas pu.

Je n'ai pas réussi à leur ouvrir.

Je voulais, pourtant. Vraiment. Enfin, une part de moi le voulait.

Surtout quand j'ai entendu Mark s'exclamer :

— Hé, Steph ? Tu es là, Steph ? C'est moi, Mark. Ouvre, d'accord ? Il tombe des cordes, dehors.

Puis, juste après, Lauren s'est écriée :

— Ômondieu ! Mes cheveux, Steph ! Dépêche-toi ! On est en train de se faire saucer !

— Ces bières pèsent une tonne ! a gémi Todd ensuite.

Je suis restée à ma place. Je ne me suis pas levée. Je n'ai pas bougé.

— Euh… c'est vous, les gars ? ai-je juste demandé.

— Steph ! a braillé Mark en abattant son poing sur le battant. C'est toi ? Ouvre, s'il te plaît.

— Non, ai-je soufflé. Je ne peux pas.

— Comment ça ? a-t-il répondu. Tu ne sais pas ouvrir la porte ?

— Si. Mais je ne peux pas vous laisser entrer. Désolée, j'ai changé d'avis. Vous ne ferez pas la fête ici.

Cette remarque a été accueillie par un silence surpris. Ça n'a pas duré.

— Très drôle ! a crié Todd au bout d'une minute. Très, très drôle, Landry ! Ouvre cette fichue porte ! C'est la douche, ici.

— Vous n'avez pas l'air de comprendre. Je ne vous ouvrirai pas. Vous allez devoir vous réfugier ailleurs.

Nouveau silence ébahi.

Soudain, ils se sont tous mis à tambouriner sur le battant. Ils ont essayé de tourner la poignée. Ils ont donné des coups de pied (Lauren, j'en suis sûre). Ils se sont jetés dessus. Je n'ai pas bronché. Même quand Mark a lancé avec des accents furieux que je ne lui connaissais pas :

— Steph ! Allez, Steph ! La plaisanterie est terminée. Ouvre !

Même quand Lauren a piaillé :

— Steph Landry ! Ouvre cette foutue porte ! Maintenant !

J'ai fermé les yeux. J'ai pensé à grand-père. Dans ma tête, je me suis adressée à lui : « Voici mon cadeau de mariage, grand-père. Je ne laisserai pas mes prétendus amis dévaster ton observatoire. Félicitations ! » Après, je me suis dit que c'était un peu nul, comme cadeau. Mais c'était ce que j'avais trouvé de mieux, vu les circonstances. D'ailleurs, j'étais en train de faire un sacrifice incroyable au nom de grand-père et Kitty. Même s'ils l'ignoraient.

Au bout d'un moment, constatant que je ne cédais pas, ils ont cessé de frapper.

— Elle fout en l'air nos plans, a grommelé Todd. Je n'en reviens pas. Cette garce nous trahit.

— Il lui est peut-être arrivé quelque chose ? a suggéré une autre voix (Darlene, sans doute). Tout va bien, Steph ?

— J'ignore s'il lui est arrivé quoi que ce soit, a rugi Lauren, furax, mais je te garantis qu'il va lui arriver quelque chose de bien précis lundi. Elle va regretter d'être née, je te le dis, moi !

Voilà. Comme ça, je sais à quoi m'attendre.

Mark n'a pas prononcé un mot pour me défendre. Pas un.

Non que j'aie jamais cru qu'il m'aimait bien. Le baiser ne relevait pas de ça. Il était destiné à satisfaire ses désirs — moi, si jolie qu'il n'avait pu résister, mais surtout, que je leur ouvre ce soir. Dommage que le plan n'ait pas fonctionné. C'est l'inconvénient des feux d'artifice. Ils s'éteignent aussi rapidement qu'ils ont commencé.

Ils ont fini par partir, Lauren continuant à pleurer sur l'état de sa coiffure, Todd évoquant un type de Seconde dont les parents s'étaient absentés pour le week-end et la possibilité de se rapatrier là-bas.

Je me demande ce que Lauren me réserve lundi. Bah, ça n'a pas tellement d'importance. Ça ne pourra pas être pire que ce par quoi je suis déjà passée.

À cet instant, une voix s'est élevée dans la pénombre, *à l'intérieur* de l'observatoire. Une voix qui a prononcé mon nom.

J'ai bondi sur mes pieds en hurlant comme une perdue.

— Hé, du calme, a protesté Jason en surgissant de derrière le télescope. Ce n'est que moi.

— Qu'est-ce que *tu* fabriques ici ?

— Je voulais juste vérifier que tu ne commettais pas d'erreur.

J'en suis restée comme deux ronds de flan. Mon cœur battait la chamade à un tel point que j'ai cru que ma cage thoracique allait exploser. Je ne sais pas ce qui m'a le plus surprise. Qu'il sorte de l'obscurité comme ça ou qu'il ait été là tout le temps.

— Tu veux dire que… tu es là depuis le début ?

— Je suis entré avant que tu quittes le travail.

— Et tu es resté tapi dans le noir en silence ?

Une rage meurtrière commençait à monter en moi.

— La décision t'appartenait. En plus, j'étais sûr que tu ferais le bon choix.

J'ai eu envie de lui balancer un objet à la tête.

— Ben voyons ! Et si ça n'avait pas été le cas ?

Il a brandi quelque chose qu'il dissimulait derrière son dos. Un club de golf.

— Je crois que la Grosse Bertha les aurait convaincus de quitter les lieux.

Pour une raison quelconque, cette remarque a suffi à tuer ma colère dans l'œuf. Impossible de lui en vouloir après l'avoir vu avec cet imbécile de club. Ça a aussi suffi à me couper les jambes. Je me suis écroulée contre le mur et j'ai glissé par terre comme une poupée de chiffon, les mains sur le visage. J'ai entendu Jason s'installer à côté de moi.

— Reprends-toi, Crazytop, a-t-il murmuré au bout de quelques minutes. Tu as bien joué, sur ce coup-là.

— Tous ces efforts, ai-je répondu sans relever la tête. (Je ne pleurais pas. Pas du tout. Bon, d'accord, je chialais comme une madeleine.) Tous ces efforts réduits à néant.

La main de Jason m'a tapoté le dos, réconfortante, un peu comme la fois où j'avais vomi tripes et boyaux au parc d'attractions.

— Mais non, a-t-il chuchoté. Tu as été la fille la plus populaire du bahut pendant… presque une semaine. Rares sont celles qui peuvent s'en vanter.

— Ça a été une totale perte de temps et d'énergie.

Je continuais à presser mon visage sur mes genoux, inondant mon jean de mes larmes.

— Non. Ça aura au moins eu le mérite de te démontrer que ce dont tu pensais être privée n'était pas si génial en fin de compte. Tu n'es pas d'accord ?

— Aucune idée. J'ai bossé tellement dur pour devenir — et rester — populaire que je n'ai pas eu le temps d'en profiter. Je n'en sais rien. Je ne sais même pas si j'aurais aimé ça ou non, ai-je ajouté en redressant la tête, me fichant comme d'une guigne qu'il remarque que je pleurais.

— Hé, a-t-il dit doucement, ça ne vaut pas la peine de se mettre dans des états pareils. *Eux* ne le valent pas, en tout cas.

— Tu as raison, ai-je admis en essuyant mes yeux avec mon poignet. (Déjà, le flot s'était tari. J'ai appuyé mon crâne contre la paroi.) Bon sang ! Je m'étonne qu'ils aient cru que je les autoriserais à bringuer ici.

— Tu m'as bien eu aussi. J'ai vraiment pensé que tu leur ouvrirais.

— Je ne pouvais pas infliger ça à grand-père. Ni à Kitty.

— Ça n'aurait pas été un cadeau de mariage idéal, en effet.

Amusant, non ? Exactement ce que je m'étais dit.

— Quand je songe que je me suis coiffée tous les jours pour eux. Pendant une semaine !

— Tu es mieux avec les cheveux bouclés, de toute façon.

Il essayait juste d'être gentil. Parce que j'avais pleuré. Il s'efforçait seulement d'être gentil. Ce n'était pas qu'il m'aimait, ni rien. Enfin, pas autrement que comme un pote.

N'empêche. Quelque chose m'a poussée à lui demander :

— Jason, es-tu amoureux de Becca ?

— Où as-tu été pêcher ça ?

— Eh bien, ai-je murmuré en me rendant compte, un peu tard, que je creusais ma propre tombe (Qu'est-ce que je fichais, que diable ? Et pourquoi ?), tu l'as achetée aux…

— Je t'ai déjà expliqué que je ne voulais pas qu'elle soit mal.

— Parce que tu l'aimes, ai-je insisté.

Ma bouche, comme déconnectée du reste de mon corps, a poursuivi sa mission suicidaire.

— Rappelle-toi ce qu'elle a fait à mes pompes ! s'est récrié Jason en soulevant une de ses péniches pour me montrer l'ampleur des dégâts.

J'ai contemplé les étoiles et les licornes qui recouvraient encore ses chaussures. Il a reposé son pied par terre.

— Merde ! a-t-il précisé, bien inutilement.

Hélas, ça n'a pas suffi. Ma bouche a continué à déblatérer, en dépit des ordres lancés par mon cerveau. *Boucle-la ! Boucle-la ! Boucle-la !*

— Si tu ne l'aimes pas… (*Boucle-la ! Boucle-la ! Boucle-la !*)… pourquoi l'as-tu embrassée, hier ?

BOUCLE-LA ! Zut ! Je suis la fille la plus idiote de la Terre. La mâchoire de Jason s'est décrochée.

— Comment as-tu…

— Je te vois de notre salle de bains, me suis-je empressée de bafouiller. (Soudain, mon cerveau avait décidé de s'y mettre lui aussi et d'aider ma bouche à tout déballer. Mieux vaut tard que jamais, j'imagine.) Rassure-toi, je ne t'espionne pas. Enfin presque pas. C'est juste que, ce soir-là, il se trouve que je regardais et que je vous ai aperçus. Vous vous embrassiez.

Jason n'a pas réagi. Il ne souriait pas.

— Becca ne t'a rien dit ? a-t-il fini par demander.

— Pas un mot. Et je n'ai pas mis le sujet sur le tapis, parce que...

— Tu ne tenais pas à ce qu'elle t'accuse de voyeurisme.

Aïe ! Pourtant, il a raison. Ô combien raison. Lundi, je me confesserai au père O'Dohan. Et tant pis s'il rapporte tout à ma mère, puisque Jason était déjà au courant.

— Je ne suis pas une voyeuse, ai-je quand même protesté. Pas vraiment. Après tout, Pete a aussi...

— Génial ! Manquait plus que lui, maintenant !

Tout à coup, j'avais très chaud malgré la clim' hyperpuissante de l'observatoire.

— Ben oui. C'est que vous vous êtes tripotés (hum, un peu fort, comme terme) juste devant la fenêtre. Si seulement vous aviez pris la peine de baisser les stores...

— Je n'en ai pas encore. Mais rassure-toi, ça ne va pas durer. Qu'est-ce que tu as vu d'autre ?

« Que tu faisais des pompes tout nu », ai-je eu envie de répondre. Cette fois, cependant, j'ai réussi à me taire.

— Rien, juré !

Pardonnez-moi, mon père, car j'ai péché. Combien de temps depuis ma dernière confession ? Aucune importance, parce qu'il y a un petit truc que je ne vous ai pas avoué, et ça dure depuis plusieurs semaines, alors... Oh, et puis flûte ! Le bon Dieu comprendra.

— Allez, raconte, ai-je insisté, parce qu'il fallait qu'il m'ôte ce fardeau de la poitrine. Qu'y a-t-il entre Becca et toi ?

— Je rêve ! a soupiré Jason en fermant les yeux un instant. Écoute, il n'y a rien de rien ! Elle s'est imaginé des choses, comme toi, parce que j'avais acheté sa débile d'initiation au collage. Elle a déboulé à l'improviste, mon père l'a laissée monter... Tu sais comment il est. J'étais allongé, à lire tranquillement, et elle a débarqué, et elle était toute... tu connais la suite.

J'ai contemplé son profil. Son nez semblait plus énorme et crochu que jamais. Bizarrement, j'ai eu très envie de me pencher pour y déposer un baiser. Je suis devenue folle. Lauren Moffat et sa clique ont réussi à me rendre dingue. Depuis quand suis-je démangée par le désir d'embrasser le nez de Jason Hollenbach ?

— Non, ai-je objecté. Je ne connais pas la suite. Becca était toute quoi ?

— Tourneboulée, dans le genre énamourée, a-t-il précisé en tournant la tête vers moi. Nom d'un chien ! Elle croit que je suis « le bon ». Le sien. Son âme sœur. Et c'est *elle* qui m'a embrassé, pas le contraire. Il a fallu que je lui dise... ben, qu'elle faisait fausse route. Je ne suis pas celui qui lui est destiné. Quoi qu'elle en pense.

Une vague de soulagement m'a submergée, si intense que j'en suis restée physiquement assommée. Pourquoi ? Pourquoi apprendre que c'était elle qui l'avait embrassé, et pas l'inverse, a déclenché dans mon crâne ce chœur d'angelots, celui-là même que je m'étais efforcée d'entendre quand Mark Finley m'avait bécotée et dont je voyais bien, à présent, que ça n'avait pas été le vrai truc ?

— Ah ! ai-je soupiré.

J'ai eu du mal à m'entendre, avec le charivari que produisaient les anges.

— Pourquoi penses-tu que je me planquais à la bibliothèque, aujourd'hui ? Je la fuyais.

— Ah ! ai-je répété.

Les petits oiseaux se sont mis de la partie, alors que personne ne m'embrassait. À y perdre son latin.

— Tout ça, c'est la faute de Stuckey, a grondé Jason.

— Stuckey ?

— Ouais. C'est lui qui m'a poussé à enchérir.

— Quoi ?

J'avais dû mal comprendre, avec tous ces pépiements et ces chants.

— Ouais. Il l'aurait bien achetée lui-même, mais il n'avait pas d'argent.

— Stuckey aime Becca ?

Le chœur s'est transformé en une explosion d'alléluias. Je me suis souvenue que Stuckey n'avait pas arrêté de jacasser à propos de collage en nous ramenant à la maison. Sans compter cette visite de l'université qu'il avait proposée à Becca.

— Faut croire. Qu'est-ce que tu veux que j'en sache ?

— Il t'en a sûrement parlé, non ?

Il m'a jeté un coup d'œil sarcastique. Dans ces cas-là, en général, je lui renvoie la pareille. Mais là, j'étais trop obsédée par le baiser que je brûlais de poser sur son nez.

— Les mecs ne discutent pas de ça, m'a-t-il informée.

— Ah bon !

— Et puis, tu as bien acheté Mark Finley. Ça ne signifie pas pour autant que tu l'aimes.

— En effet. La preuve, je ne l'ai pas laissé entrer ici.

Je n'ai pas jugé nécessaire de préciser que lui et moi nous étions embrassés, comme Jason et Becca d'ailleurs. Ni que j'aurais largement préféré embrasser Jason.

— Pourtant, on aurait pu le croire.

— Comment ça ?

Brusquement, les anges et les oiseaux l'ont bouclée.

— Pour quelqu'un qui prétend ne pas aimer Mark Finley, tu as drôlement bien donné le change.

Difficile de nier. Les yeux noisette de Mark... sa voix de basse... son derrière joliment moulé dans son jean. Autant d'images alléchantes. Mais rien que des images, me suis-je tout à coup rendu compte. Que sais-je de Mark ? Rien. Si ce n'est ce que Jason a déclaré... qu'il n'est qu'un toutou obéissant à sa copine. Il est tellement bête qu'il n'a même pas deviné que Lauren était l'auteur du mot dont elle a accusé Alyssa. Il l'a crue quand elle a assuré m'apprécier. Il ne voit pas que sa petite amie est la fille la plus faux jeton de la planète. D'ailleurs, lui aussi l'est un peu. Car enfin, m'embrasser puis prétendre qu'il a succombé à mes charmes ? Alors que ce baiser n'était destiné qu'à ce que je leur ouvre la porte de l'observatoire ?

Pourquoi me suis-je persuadée que je l'aimais ?

La vérité n'est pas très plaisante.

Parce qu'il est populaire.

J'ai des excuses. C'était avant. Avant que je découvre ce que signifie la popularité. Au lycée de Bloomville en tout cas. À savoir : ne pas être soi-même.

— Ça ne t'est jamais arrivé de croire que tu étais amoureux de quelqu'un puis de t'apercevoir que tu te trompais ? ai-je demandé à Jason.

— Non, a-t-il sèchement répondu.

— Vraiment ? Et Kirsten ?

— Je ne l'aime pas, a-t-il marmonné en fuyant mon regard pour s'intéresser à ses godasses.

— À d'autres ! Même pas un petit peu ? Tous ces haïkus en son honneur n'étaient qu'une rigolade ?

— Parfaitement. Écoute, mieux vaudrait qu'on y aille. Le mariage, c'est demain, je te signale. Nous devons nous lever tôt.

D'une main, je l'ai empêché de se relever complètement.

— Sérieux, ai-je insisté en me dévissant le cou pour le dévisager, es-tu en train de me dire que tu n'as *jamais* été amoureux ? De personne ?

Il s'est rassis avec un soupir. Puis, évitant mes yeux, il a répondu :

— Tu te souviens, au CM2, quand je n'arrêtais pas de t'embêter, et que tu m'as rapporté que ton grand-père t'avait expliqué que je me comportais ainsi parce que j'en pinçais un peu pour toi ?

— Bien sûr, ai-je ri. Tu ne m'as plus adressé la parole pendant un an, après ça. Jusqu'à la Méga-Tache-Rouge-de-Grenadine.

— Parce que ton grand-père se trompait.

— Je veux bien le croire, vu l'année de silence que tu m'as infligée.

— Je n'étais pas *un peu* amoureux de toi, a-t-il repris en se tournant enfin vers moi (et ses yeux, ai-je remarqué pour la première fois ce soir-là étaient du même bleu que Sirius, l'étoile du Grand Chien), j'étais *follement* épris de toi. Et j'ignorais comment réagir à ça. C'est encore le cas, d'ailleurs.

J'ai eu du mal à entendre la fin de sa phrase, parce que le chœur des anges et les oiseaux étaient repartis de plus belle, tout à coup — le *Messie* de Haendel et un tour de grand huit qui rugissaient sous mon crâne.

— Une minute ! ai-je soufflé. Viens-tu juste de dire...

Alors, un million d'idées dingues m'ont traversé l'esprit. Je me suis souvenue que, ce jour où je lui avais révélé la sagesse grand-paternelle, il était devenu rouge pivoine. J'avais mis ça sur le compte de la rage, à l'époque. Je me suis rappelé qu'il m'avait délaissée, combien j'avais été malheureuse, jusqu'à l'incident idiot avec la jupe de Lauren, puis celle-ci et ses copines inventant des expressions comme « Arrête tes Steph Landry », refusant de s'asseoir près de moi à la cantine et se moquant de ceux qui prenaient ce risque. Si bien que personne ne le faisait.

Sauf Jason, qui avait posé son plateau à ma table et s'était lancé dans un résumé d'un épisode des *Simpsons* qu'il avait vu la veille, comme si rien ne nous avait jamais séparés, comme si nul élève dans les couloirs ne l'accusait de « commettre une belle Steph Landry ». Il s'en était fichu.

Me sont revenues toutes ces soirées sur le Mur, nous faisant mutuellement rire au point que j'avais plus d'une fois cru que j'allais mouiller ma culotte (encore), nous moquant des Idoles en dégustant des sorbets. Et aussi ces nuits sur la Colline, le regard rivé sur le firmament infini, Jason m'indiquant les constellations et s'interrogeant sur l'éventualité d'une vie sur d'autres planètes, me demandant ce que nous ferions si une météorite se révélait être un vaisseau spatial extraterrestre et atterrissait juste à côté de nous.

J'ai pensé à ces derniers temps, après avoir passé la journée en sa compagnie au bord du lac ou au cinéma, je lui avais dit bonsoir avant de rentrer chez moi pour m'asseoir dans le noir et l'espionner dans sa chambre, comme si je ne me rassasierais jamais de lui.

Jason. Mon Jason.

Peut-on être plus stupide que moi ?

— Viens-tu juste de dire que tu étais amoureux de moi ? ai-je demandé, histoire d'être bien sûre.

J'avoue que j'ai craint que tout ça ne soit qu'un rêve et que je ne me réveille toute seule dans ma chambre.

— Ben…, a-t-il marmonné. Je crois que oui.

C'est là que je l'ai embrassé.

« Évitez la popularité si vous désirez la paix. »
Abraham Lincoln

Samedi 2 septembre

Il m'aime

Il m'aime

Il m'aime

Il dit qu'il m'a toujours aimée. Que tous ses discours d'avant, ses affirmations selon lesquelles il ne croit pas à l'existence de l'âme sœur ou celles sur les gens qui ne devraient pas tomber amoureux au lycée n'étaient qu'une façon de se persuader qu'il ne m'aimait pas tant que ça, puisqu'il pensait que ses sentiments n'étaient pas partagés. Il ignorait que, comme il m'a toujours aimée, je l'ai toujours aimé.

Même si je ne m'en suis rendu compte qu'il y a peu.

Ça va, hein ! Personne n'est parfait.

De toute façon, ce n'est pas grave. J'ai carrément rattrapé le temps perdu. Nous nous sommes tellement embrassés que mes lèvres en sont écorchées. Mais c'est bon.

Je lui ai tout raconté — *tout.* Comment j'ai trouvé qu'il était devenu super craquant en Europe (pour lui, je l'aurais été, craquante, dès le CE1) ; comment je l'ai espionné (il ne s'est pas fâché, je pense même qu'il a été plutôt flatté, bien qu'il jure que, dès demain, il s'équipera de rideaux) ; ma jalousie quand j'ai cru qu'il était épris de Becca (« Becca ? s'est-il étranglé. Dieu m'en garde ! ») ; et celle aussi de son béguin pour Kirsten, à tel point que la vue de ses coudes me rendait malade (« Ses coudes ? » a-t-il répété, incrédule) ; je lui ai même avoué que j'avais porté son caleçon Batman. Et que ça m'avait pas mal plu.

J'ai gardé le Livre pour la fin. Nous avons bien rigolé, avec ça.

— Attends, m'a-t-il dit. Que je comprenne bien. Tu as trouvé un vieux bouquin appartenant à ma grand-mère, et tu as pensé que c'était ton ticket pour la popularité ?

Nous étions toujours à l'endroit où nous nous étions embrassés pour la première fois. Sauf que, à présent, ma tête reposait sur sa poitrine. C'était très confortable, comme si son torse avait été spécialement conçu pour accueillir la forme de mon crâne.

— Ben, ça a marché, non ?

Quand j'ai paraphrasé certains chapitres, il a rigolé tellement fort que ma tête a rebondi comme un yo-yo, et que j'ai dû me rasseoir.

— Tu te marres, mais cet ouvrage m'a appris des tas de trucs, ai-je protesté.

— Ben tiens ! À te comporter comme une hypocrite et à rendre tes amis dingos.

— Non. À être la meilleure possible.

— Tu étais déjà la meilleure, a-t-il souri en m'attirant de nouveau contre lui. Tu n'avais pas besoin d'un mode d'emploi pour ça.

— Si, ai-je murmuré, le visage dans sa chemise, parce que, sans ce manuel, je n'aurais jamais tenté de devenir populaire et, alors, je n'aurais jamais compris ce que j'éprouvais pour toi.

Comme je n'aurais jamais découvert que j'étais la fille dont Stuckey a assuré que Jason était secrètement amoureux.

— Dans ce cas, a-t-il riposté en me serrant encore plus fort contre lui, nous allons devoir couler ce livre dans le bronze.

Il plaisantait, mais je crois qu'il a raison. Je dois tout à ce livre. Même, si, au bout du compte, je n'ai pas accédé à la popularité.

À la place, j'ai obtenu mieux. Beaucoup mieux.

« Pour rester populaire, il faut rester médiocre. »
Oscar Wilde

Samedi 2 septembre, 9 heures

J'ai été réveillée par quelqu'un qui criait mon nom.

J'ai soulevé la tête, perdue. Je n'avais aucune idée de l'endroit où je me trouvais. Ma nuque était raide. Roulant sur le côté, j'ai découvert Jason, endormi près de moi. Je me suis assise promptement, si vite que mon cou, mal en point après une nuit sur le sol, a craqué.

— Jason ! ai-je soufflé en le secouant. Réveille-toi. J'ai l'impression qu'on a des ennuis.

Nous avions veillé si tard, à discuter et à nous embrasser, que nous nous étions assoupis sur place. Dans l'observatoire. Sous la rotonde. J'étais dans de sales draps. Même si, naturellement, nous n'avions *rien* fait. À part nous bécoter.

Ouais. Qui allait le croire, hein ?

Mon grand-père, apparemment. Lorsqu'il a surgi, une seconde plus tard, il nous a regardés, puis s'est retourné et a lancé :

— Tout va bien, Margaret, ils sont ici.

L'instant d'après, ma mère et mon grand-père nous dominaient tout en s'époumonant.

— Comment as-tu osé ! hurlait ma génitrice à mon encontre. Devines-tu seulement à quel point nous nous sommes inquiétés ? Pourquoi n'as-tu pas téléphoné ? Quant à toi, Jason, ton père a enquêté auprès de toutes les urgences de l'Indiana. Toute la nuit. Il pensait que vous aviez eu un accident !

— Tu aurais vraiment dû passer un coup de fil, a grondé grand-père. Que diable fabriquez-vous ici, tous les deux ?

— Ça me paraît clair, non, a maugréé ma mère, acide.

Ce qui était d'une injustice flagrante, car nous étions encore habillés.

— On s'est endormis, c'est tout, a plaidé Jason. Sérieux. On discutait, et…

— Mais pourquoi ne pas nous avoir prévenus ? a piaillé ma mère. Vous imaginez dans quel état nous étions ?

— On a oublié, ai-je glissé.

Je me sentais horriblement coupable. Comment avais-je pu ne pas y songer ?

En même temps, difficile de balancer que nous avions été trop occupés à nous peloter pour avertir les parents.

— En tout cas, jeune fille, tu es punie ! a décrété la maternelle en me remettant sur pied avec une force étonnante pour quelqu'un d'aussi enceinte. Ça t'évitera peut-être ces trous de mémoire.

— Tes parents vont être très déçus, fiston, s'est contenté d'annoncer grand-père à Jason, qui n'est jamais puni. (Ses parents se bornent à être très déçus.) Ta pauvre grand-mère n'a pas fermé l'œil, alors qu'elle se marie aujourd'hui !

Zut ! Les noces ! Ça aussi, ça m'était complètement sorti de l'esprit.

— Pardon, grand-père, ai-je murmuré. Nous n'avons pas pensé à regarder l'heure.

— Mais qu'est-ce que vous avez fabriqué, là-dedans ? a voulu savoir ma mère.

J'ai avalé ma salive, prête à tout confesser. Enfin, pas la séance prolongée de bécotage. Mais le coup de Mark Finley et de la bringue. Puisque j'avais tout dit à Jason, autant tout avouer aux autres aussi. Sauf que, avant que j'aie pu parler, il a avancé d'un pas et lancé :

— Nous avons seulement contemplé les étoiles. Ensuite, nous nous sommes endormis.

— Les étoiles ? a bégayé ma mère, ahurie. Ah ! Bon, a-t-elle ajouté, l'air de s'apercevoir où elle était.

— Tu vois, Margaret, est intervenu grand-père, je te l'avais bien dit. Ils vont bien. Ils regardaient juste le ciel. Et ils se sont assoupis. Il n'y a pas de mal.

Et, à ma grande surprise, il a passé son bras autour des épaules de sa fille. Le plus surprenant étant quand même qu'elle n'a pas protesté.

— J'avais raison, a-t-il continué. L'observatoire est une idée géniale. Comme ça, les gosses seront occupés au lieu de faire des bêtises.

Jason et moi avons échangé un coup d'œil. Grand-père ne devinait pas à quel point son cher observatoire avait failli provoquer des bêtises.

— Bon sang, a murmuré ma mère à l'intention de son ventre tout en portant ses doigts tremblants à ses tempes, j'aurais vraiment besoin d'un bon verre.

— Eh bien, sans doute qu'au repas, tout à l'heure, quelqu'un te glissera une coupe de champagne, a promis grand-père.

Ce qui m'a encore plus étonnée que le fait qu'elle l'ait laissé la consoler. Elle assisterait au mariage, finalement ? Ils se parlaient à nouveau ? Depuis quand ?

— Oh, papa ! a-t-elle protesté en lui lançant un regard exaspéré.

N'empêche, derrière l'agacement, j'ai discerné une lueur — toute petite, certes — d'affection. Puis, la seconde d'après, elle m'a toisée, toute trace de tendresse évaporée.

— Allez, jeune fille, grimpe dans la voiture. Je te ramène à la maison.

— J'arrive.

J'ai interrogé grand-père des yeux, perplexe. Que se passait-il ? Comment s'était-il débrouillé pour revenir dans les bonnes grâces de sa fille ? Il s'est contenté de me faire un clin d'œil complice avant de prendre Jason par le bras.

— Dis, gamin, l'ai-je entendu rigoler au moment où je sortais. Tu as déjà fait un tour de Rolls ?

« Fuyez la popularité ; elle tend beaucoup trop d'embûches pour bien peu de résultats. »
William Penn[1]

1. Quaker (1644-1718), fondateur de Philadelphie (en Pennsylvanie, État qui porte son nom), où il créa une colonie régie par des principes libéraux.

Samedi 2 septembre,
18 heures

Le mariage a été magnifique. La pluie avait rafraîchi l'atmosphère et, pour une fois, c'était un vrai plaisir d'être dehors. Le soleil brillait dans un ciel sans nuages, du même bleu que les yeux de Jason et de Kitty, nous offrant une de ces merveilleuses journées qui marquent le début de l'automne, de ces jours idéaux pour aller ramasser des pommes ou canoter sur le lac.

Ou se marier.

L'épousée ne ressemblait pas du tout à une femme qui aurait veillé toute la nuit en se morfondant sur le sort de son petit-fils. Elle resplendissait dans une robe du soir ivoire, à la fois élégante et décontractée. En la voyant aussi belle, grand-père a d'ailleurs eu les larmes aux yeux. Plus tard, il m'a dit qu'une poussière s'était nichée sous sa paupière, sauf que je sais très bien à quoi m'en tenir.

Comme lui sait à quoi s'en tenir quant à ce que Jason et moi fabriquions dans l'observatoire. Enfin, pas la fête annulée au dernier moment. Mais l'observation des étoiles ? À d'autres.

Ce n'est pas grave. Tout s'est bien passé. À la surprise générale (excepté celle de grand-père), mes parents sont venus, avec Sara. Kitty a été tellement contente qu'elle a fondu en larmes. Du coup, ma mère aussi. Puis elles se sont enlacées en pleurant, ce qui a ouvert les vannes chez Sara également, sauf que elle, c'était parce que personne ne s'occupait d'elle.

Robbie a réussi à ne pas égarer les alliances, et Jason était à tomber à la renverse dans son smoking, au point que j'ai bien cru que *j'allais* chialer. Sûrement le manque de sommeil.

J'ai même évité de me brouiller avec Becca à cause de ce garçon dont elle s'était amourachée, et qui se trouvait être mon « bon » et non le sien, vu qu'elle a débarqué au bras de son vrai « bon », ce qui suffisait à l'occuper. Les Stuckey et les Taylor n'étaient pas censés déjeuner ensemble, mais Becca s'était apparemment chargée de modifier le plan de table, car lorsque je suis entrée dans la salle à manger, elle et John étaient en train de se bécoter au-dessus de la salade.

— Excuse-moi, Becca, les ai-je interrompus en m'approchant. Je peux te dire un mot ?

— Ce n'est pas ce que tu penses, s'est-elle défendue, rougissante.

— Comment sais-tu ce que je pense ? ai-je riposté.

J'avais dans l'idée de lui expliquer pour Jason et moi, je me fichais qu'elle sorte avec Stuckey.

— Ce n'est pas par dépit, m'a-t-elle lancé. Mes sentiments envers John sont totalement différents de ceux que j'éprouvais pour Jason. Et pas uniquement parce qu'ils sont réciproques. C'est pour de vrai, Steph. C'est le « bon ».

— Je n'avais pas l'intention de t'accuser d'agir par déception amoureuse. Juste de te confier combien je suis heureuse pour toi.

— Oh ! merci, Steph ! Je te souhaite de rencontrer le « bon » toi aussi. Hé ! Tu vas me trouver folle, mais as-tu déjà songé à Jason ?

Je l'ai contemplée, éberluée.

— Je suis sérieuse, a-t-elle enchaîné. À mon avis, il t'aime bien. L'autre soir… euh, je ne t'en ai pas parlé parce que c'est un peu gênant… bref, après les enchères, je suis passée le voir, et… je lui ai avoué… ce que je ressentais pour lui. Ne rigole pas !

— Je ne ris pas.

— Merci. C'était avant que je comprenne que j'aime Stuckey. En tout cas, Jason s'est excusé, il m'a annoncé qu'il ne m'aimait pas comme ça. Je lui ai demandé si c'était parce qu'il ne croyait pas à l'âme sœur, et il m'a confié qu'il avait menti à ce sujet. Qu'il pensait avoir déjà trouvé la sienne, d'âme sœur, sauf que, à son avis, elle ne l'aimait pas, vu qu'elle était éprise d'un type populaire… et, traite-moi de dingue, mais je n'ai pas pu m'empêcher de me dire que cette fille, c'était toi.

— Ben ça alors !

J'avais beau savoir que Becca avait raison, et que Jason avait en effet fait référence à moi, j'ai éprouvé une bouffée de plaisir en l'entendant de nouveau. L'amour rend nul.

— Merci de m'en parler. Je te promets d'y réfléchir.

— Tu devrais. Parce que j'ai interrogé John et, d'après lui, c'est très possible que Jason soit secrètement amoureux de toi. Si c'était le cas, nous pourrions sortir tous les quatre ensemble ! Génial, non ?

J'ai assuré qu'il n'y aurait, en effet, rien de plus génial.

Après les traditionnels toasts, les mariés ont ouvert le bal sur une chanson de Sinatra, la préférée de grand-père, puis ils ont dansé avec leurs enfants puis petits-enfants. J'ai enfin eu l'occasion de demander à grand-père comment il s'était arrangé pour que ma mère lui pardonne et accepte d'assister à ses noces.

— Je t'avoue avoir profité de son état de faiblesse générale, a-t-il ricané. Enceinte de huit mois, paniquée parce que sa fille aînée avait disparu, persuadée qu'elle est au bord de la banqueroute… j'ai foncé. Je lui ai expliqué que j'avais déjà acheté la confiserie pour y installer un café, et que je comptais abattre la cloison séparant nos deux boutiques, et qu'elle n'avait d'autre choix que de s'en accommoder en ravalant sa désapprobation. Ton père m'a beaucoup aidé à la convaincre.

— C'est super ! me suis-je exclamée, ravie.

— Nous avons encore pas mal de morceaux à recoller, mais je pense que c'est en bonne voie, a-t-il ajouté en montrant du menton ma mère et Kitty qui discutaient avec animation.

— Entre le nouveau café et notre publicité où figurera Mark Finley, nous allons écraser la librairie de l'hypermarché.

— Exactement. Et maintenant, raconte-moi ce que toi et Jason fichiez dans l'observatoire, cette nuit. Et ne me dis pas que vous regardiez les étoiles, jeune fille, parce que, si ta mère ne se rappelle pas qu'il pleuvait à verse, moi si. Le ciel était tellement couvert qu'il n'y avait pas une étoile en vue.

Oups !

Bien obligée, j'ai tout expliqué à grand-père. Pas la fête. Mais Jason et moi. Quoi qu'il en soit, les autres seraient bientôt au courant, d'autant que Jason m'avait invitée pour la prochaine danse. Comme ni lui ni moi ne sommes très doués pour l'exercice, il allait être carrément évident que ce ne serait qu'un prétexte pour nous serrer l'un contre l'autre. Grand-père a écouté sans piper, les sourcils levés. Il apprécie Jason, et je n'avais pas à m'inquiéter d'une éventuelle désapprobation. Néanmoins, je voulais plus. Je voulais qu'il soit heureux pour nous, comme je l'étais pour lui et Kitty.

— Bien, bien, bien, a-t-il fini par marmonner. Qu'est-ce qu'il envisage d'étudier, après le bac ?

— Aucune idée ! me suis-je esclaffée. On n'en est pas encore là, tu sais !

— Arrange-toi pour qu'il choisisse l'astronomie. Histoire que je n'aie pas dépensé tout cet argent en vain.

J'ai promis de faire ce que je pourrais.

Plus tard, aux toilettes, je suis tombée sur Kitty qui se remaquillait, son mascara ayant coulé à cause des larmes qu'elle avait versées avec ma mère. À l'instant où elle m'a découverte dans le miroir et s'est retournée afin de me prendre la main, j'ai compris qu'elle avait deviné, pour Jason et moi.

— Stéphanie ! s'est-elle écriée, tout excitée. Je suis tellement contente pour vous deux. J'avais toujours espéré que... en même temps, vous êtes amis depuis si longtemps que je craignais que ça ne marche pas.

— Ça marche très bien, l'ai-je rassurée. Et vous savez, ça doit beaucoup à votre livre.

Après tout, maintenant qu'elle était ma grand-mère par alliance, je pouvais le lui dire.

— Quel livre ?

— Celui que vous m'avez donné. Celui que j'ai trouvé dans le grenier. Celui sur la façon de devenir populaire. J'ai... hum, j'ai suivi ses conseils. Si ça avait été efficace pour vous, je pensais que ça réussirait avec moi aussi. Bon, les choses n'ont pas exactement tourné comme je l'escomptais, mais ce n'est pas grave. Tout ça, grâce à vous. Enfin, à votre livre.

— Un ouvrage pour devenir populaire ? a médité Kitty, perplexe. Oh ! a-t-elle ajouté, son visage s'éclairant. Ce vieux machin ? Rien qu'un cadeau pour blaguer ! Je ne l'ai jamais lu !

Ça m'a laissée sans voix.

— Bon, a repris Kitty en ajustant son voile, de quoi j'ai l'air ?

— D'une très belle femme.

— Merci, chérie. Toi aussi, tu es magnifique. Et maintenant, il faut que j'y retourne. Ta mère et moi sommes enfin en train de faire connaissance, et elle m'attend.

Sur ce, elle est partie, non sans m'avoir auparavant tapoté la joue.

Jason me guettait lorsque je suis revenue dans la salle à manger.

— La fête tire à sa fin, a-t-il murmuré. Je crois qu'un café me serait bénéfique. Ça te tente ?

— Bonne idée. Sauf que je suis punie, je te rappelle.

— Ta mère a sûrement oublié.

Il a tendu le doigt, et j'ai aperçu ma mère et Kitty qui s'éloignaient en jacassant comme des pies. Mon père était posé sur une chaise, Sara endormie dans ses bras, l'air de s'ennuyer à cent sous de l'heure. Je suis allée les retrouver.

— Ça va, si je vais prendre un pot avec Jason ? ai-je demandé. Je jure de rentrer tout de suite après.

— Appelle si tu n'es pas là avant dix heures, s'est contentée de répondre ma mère, avant de reprendre sa conversation avec Kitty.

Incroyable, l'efficacité d'un petit mariage sur l'humeur des gens !

« La popularité est la chose la plus facile du monde à obtenir, la plus difficile à conserver. »

Will Rogers[1]

1. Humoriste et philosophe américain (1879-1935).

Samedi 2 septembre, 23 heures

J'avais à peu près tout oublié de la bringue de Todd quand, Jason et moi, en approchant de *La Cafetière* encore tout joyeux et émoustillés par le mariage, notre amour mutuel et tout le bataclan, sommes tombés sur Mark Finley et Lauren Moffat qui se dirigeaient vers le distributeur de billets.

Alyssa Krueger étaient avec eux, ainsi que Sean de Marco, Todd Rubin et Darlene Staggs. La clique des Idoles de nouveau au complet. Pourtant, ils n'avaient pas l'air très heureux. Et me voir n'a en rien amélioré leur humeur.

— Tiens, tiens, tiens, a ricané Lauren. Steph Landry ! La reine des gâcheuses de fête !

Le bonheur que j'avais ressenti toute la journée s'est fané. Telle est la force de Lauren Moffat, qui est capable de refroidir les ardeurs d'une fille en un clin d'œil, même d'une fille fraîchement amoureuse.

— Laisse tomber, Lauren, a répliqué Jason. Vous auriez saccagé l'observatoire, et tu le sais.

— Je t'ai parlé, gros nez ? a rétorqué aussi sec Lauren.

C'est là que, en moi, quelque chose s'est brisé. Comme ça. J'ai eu l'impression de retourner au collège, le jour où, pour la première fois, cette peste m'avait lancé d'arrêter mes Steph. Sauf que, à présent, je n'étais plus une faible gamine de douze ans, mais une ado de seize ans, forte et indépendante, qui n'avait pas de temps à perdre avec les âneries de Lauren.

— Tu sais quoi ? ai-je lancé en avançant d'un pas. (Elle a dû deviner que quelque chose avait changé, car elle a vivement reculé, comme si elle craignait que je la frappe. Elle n'aurait pas dû s'inquiéter — elle ne valait pas la peine que je me salisse les mains.) J'en ai ras-le-bol. De toi, de ton hypocrisie. Parce que j'ai commis une bourde, pour laquelle je me suis excusée un milliard de fois, sans compter que tu as eu droit à une nouvelle jupe, tu m'as pourri la vie. Pendant *cinq* ans. Non seulement tu m'as harcelée, mais tu t'en es prise à tous ceux qui ne t'imitaient pas. Et voilà que tu veux recommencer ? Je te préviens, ma vieille, tu as intérêt à t'accrocher. Parce qu'il y a bien plus de Steph Landry sur terre — des gens qui commettent des erreurs, qui ne sont pas coiffés à la perfection vingt-quatre heures sur vingt-quatre, qui n'ont pas de riches parents pour leur acheter une nouvelle voiture tous les ans — que de prétentieuses dans ton genre. Si tu n'apprends pas à vivre avec nous, tu finiras par te retrouver très, très seule.

Je la toisais, droit dans les yeux, et j'ai décelé, un tout petit instant, une lueur de crainte dans ses pupilles. Cependant, elle s'est vite reprise, et rejetant ses cheveux en arrière, a grincé :

— Hé, mollo, pauvre nulle ! Si je suis la peste que tu décris, explique-moi pourquoi j'ai tant d'amis, alors que toi, tu traînes avec... (elle a balayé Jason du regard)... ça.

Bon, cette fois, j'allais lui en coller une. Pour avoir traité Jason de « ça ». Mais avant que j'aie eu le temps de lui sauter à la gorge, Darlene s'est interposée entre nous.

— Eh bien moi, a-t-elle dit, je suis heureuse de t'avoir rencontrée, Steph. Le dernier film de Brittany Murphy vient de sortir, et je me demandais si tu accepterais de m'y accompagner, demain.

Stupéfaite, j'ai dévisagé Darlene. Lauren aussi. De même qu'Alyssa, Mark, Sean et Todd. (Bon, comme Todd passe sa vie à contempler Darlene, ça ne compte sans doute pas.)

— Euh..., ai-je balbutié, perdue. Ouais. Bien sûr. Avec plaisir.

— À quoi tu joues, là, Darlene ? a grondé Lauren d'une voix glaciale.

— À rien, j'invite juste une amie à venir au cinéma avec moi. Ça te dérange ?

Sous l'effet de la rage, Lauren a plissé ses paupières lourdes de mascara. Elle n'a pas eu le loisir de riposter, car Alyssa est venue se poster à côté de moi.

— Ça vous embête, si je me joins à vous, les filles ? a-t-elle pépié.

Darlene et moi avons échangé un coup d'œil. Soudain, j'ai compris que l'enjeu était moins une séance de cinéma qu'une fronde.

— Pas du tout, ai-je assuré. Plus on est de fous, plus on rit, ai-je ajouté en me rappelant le Livre.

— Génial ! s'est exclamée Alyssa en me souriant, son premier sourire depuis quelques jours.

— Hé ! a protesté Lauren. Qu'est-ce qui se passe ? Vous avez fumé la moquette, ou quoi ?

— Où alliez-vous, tous les deux ? s'est enquise Darlene auprès de Jason et moi, sans même prendre la peine de relever la question de Lauren.

— Prendre un café, a expliqué Jason en montrant *La Cafetière*.

— Miam ! Un petit café me ferait beaucoup de bien. Ça te tente, Alyssa ?

— Absolument. Vous voulez bien de nous ?

Jason m'a regardée. J'ai haussé les épaules.

— Euh... oui, a-t-il marmonné.

— Alors, allons-y ! s'est exclamée Alyssa en fonçant dans l'établissement, où elle n'avait sûrement encore jamais mis les pieds.

Darlene lui a aussitôt emboîté le pas, non sans avoir lancé à Sean et Todd :

— Vous vous ramenez, vous autres ?

Todd a contemplé Darlene, puis Mark, puis Darlene.

— Désolé, mec, a-t-il ensuite dit à Mark.

Sur ce, lui et Sean ont suivi Darlene dans le café.

— Après toi, m'a invitée Jason en me tenant la porte ouverte.

Je suis entrée. Alyssa, Darlene, Sean et Todd étaient assis près de la fenêtre. Ils ont agité les bras vers nous, comme si nous n'avions pas été capables de les trouver, alors qu'ils étaient les seuls clients.

— Salut ! a crié Kirsten. Comme d'habitude ?

— Oui, a répondu Jason. Nous sommes avec eux, a-t-il précisé en indiquant la table des quatre.

— De nouveaux amis ? s'est étonnée la serveuse, impressionnée. Quand je pense que vous vouliez me faire croire que vous n'étiez pas populaires !

Puis elle est allée prendre leur commande. Tel quel. Elle considérait, tout bonnement, que nous avions été trop modestes pour afficher notre popularité.

— Un instant ! ai-je alors dit à Jason.

Je suis ressortie en courant. J'ai hélé Mark et Lauren qui s'éloignaient à pas lents. Lauren a virevolté, et j'ai découvert un spectacle auquel je ne m'attendais pas du tout — elle pleurait.

— Quoi ? a-t-elle aboyé.

— Je voulais juste... Écoutez, si vous avez envie de vous joindre à nous, n'hésitez pas.

— T'es débi..., a commencé Lauren.

— Merci, Steph, l'a interrompue Mark en la prenant par l'épaule. Ce sera avec joie.

— Mais..., a piaillé sa bonne amie.

Mark lui a certainement transmis un message avec ses doigts, car elle a fini par renoncer à ses protestations, et ils m'ont suivie dans le café.

Ce qui prouve, quoi qu'on puisse en dire, que les conseils du Livre…

Eh bien, ils fonctionnent pour de vrai.

Dimanche 3 septembre, minuit

Je viens juste d'aller à la salle de bains, et j'ai regardé par la fenêtre — la force de l'habitude, sans doute, car je ne l'espionne *plus* — pour voir ce que fabriquait Jason.

Il a tendu d'immenses bandes de papier sur sa vitre.

Mais je m'en fiche. Parce que dessus, avec des étoiles fluorescentes, il a écrit : « Bonne nuit, Crazytop. »